침대

김숨은 1997년 『대전일보』 신춘문예에 「느림에 대하여」가, 1998년 '문학동네신인상'에 「중세의 시간」이 각각 당선되어 문단에 나왔다. 소설집으로 『투견』 『침대』 『간과 쓸개』, 장편소설로 『백치들』 『철』 『나의 아름다운 죄인들』 『노란 개를 버리러』 등이 있으며, 2006년 '대산창작기금'을 수혜했다.

김숨 소설집
침대

초판 1쇄 발행 2007년 5월 11일
초판 2쇄 발행 2011년 12월 30일

지은이 김숨
펴낸이 홍정선
펴낸곳 ㈜**문학과지성사**

등록번호 제10-918호(1993. 12. 16)
주소 서울 마포구 서교동 395-2(121-840)
전화 02) 338-7224
팩스 02) 323-4180(편집), 02) 338-7221(영업)
전자메일 moonji@moonji.com
홈페이지 www.moonji.com

ⓒ 김숨, 2007. Printed in Seoul, Korea

ISBN 978-89-320-1778-5

*이 책의 판권은 지은이와 ㈜문학과지성사에 있습니다.
 양측의 서면 동의 없는 무단 전재 및 복제를 금합니다.
*지은이는 대산문화재단의 2006년도 '대산창작기금'을 받았습니다.

김숨 소설집

문학과지성사
2007

409호의 유방 7
침대 41
손님들 75
막의 책상 109
두번째 서랍 145
도축업자들 179
쌀과 소금 215
트럭 249

해설 레이디 맥베스의 미니멀리즘_허윤진 284
작가의 말 310

409호의 유방

1

 관리인은 오후 두 시에 방문할 거라고 했다.

2

 그녀는 부지런히 가구들에 내려앉은 먼지를 걸레로 훔쳤다. 백태 낀 안구처럼 희끄무레한 거실 창을 닦았다. 들통 속 한 무더기나 되는 뼈들을 복도에 버리고 왔다. 곡괭이 같은 빗으로 머리카락을 정결하게 빗었다. 장롱에서 자주색 삼각 숄을 꺼내 어깨에 걸쳤다. 떡갈나무 식탁으로 움직여 가서 앉았다. 공기 중에 흩어져 있던 먼지들이 도로 가구들에 내려앉았다.

그녀는 목을 홱 비틀어 거실 벽면의 오리나무 시계를 올려다보았다.

3

드디어, 초인종 소리가 울렸다. 그것은 콘크리트 벽 속에 심어놓은 철골 자재가 부러지는 소리 같기도 했다. 관리인은 오후 두 시에 방문할 거라고 했다. 그녀는 썩은 옹이가 뽑히듯 떡갈나무 식탁에서 몸을 일으켰다. 삼각 숄을 차분히 여미며 현관문 쪽으로 움직여 갔다. 그녀가 발짝을 옮겨 내딛을 때마다 관절들에서 녹슨 못이 뽑혀 나오는 듯한 소리가 났다. 그녀는 아흔아홉번째의 문을 열기라도 하듯 현관문을 활짝 열었다. 링거 줄처럼 길고 가느다란 복도는 텅 비어 있었다. 클로로포름 같은 정적이 복도에 넘쳐흐르고 있었다. 그녀는 소실점처럼 작아지는 복도 끝을 뚫어져라 바라보았다. 현관문을 닫았다. 떡갈나무 식탁으로 움직여 가서 앉았다.

4

 그녀의 맞은편에는 남편이 거실 창을 등지고 앉아 있었다. 남편의 이마와 광대뼈와 목에서 쌀가루 같은 살비듬이 일었다. 햇빛이 거실 창으로 쏟아져 들어왔다. 남편의 윤곽이 수면 아래로 가라앉듯 그 경계를 잃고 흐려졌다. 구겨진 알루미늄 호일이 찢어지듯, 남편의 입이 쩍 벌어졌다. 진흙 같은 잇몸이 입술 밖으로 흘러내렸다. 플라스틱 재질의 틀니가 불쑥 튀어나왔다.
 "그래요, 관리인이 다녀가고 나면요."
 떠걱떠걱, 틀니가 부딪쳤다.
 "관리인은 오후 두 시에 방문한다고 했어요."
 떠걱떠걱 떠걱……!

5

칼날이 서듯, 거실 창에 한 줄의 금이 갔다.

6

눈금만 한 담쟁이 줄기가 금을 뚫고 뻗어나왔다. 번개처럼 허공으로 뻗어나갔다. 오른쪽, 오른쪽으로 뒤틀리다가 간신히 벽면에 내려앉았다. 한 획 한 획을 긋듯 벽면으로 뻗어나갔다.

한 가닥의 담쟁이 줄기에서 서너 가닥의 줄기가 주저흔처럼 번져나갔다.

담쟁이 줄기들이 무규칙하게 교차했다.

7

"408호에서 아무 소리도 들려오지 않는 것을 보면 거주자가 이사를 나간 게 틀림없어요."

떠걱떠걱.

"옆집 말이에요."

떠걱떠걱.

"발소리는커녕 변기 물 내리는 소리도 들리지 않잖아요."

떠걱떠걱.

"뭐라고요?"

떠걱떠걱.

"그래요, 관리인이 다녀가고 나면요."

떠걱떠걱.

"관리인은 오후 두 시에 방문한다고 했어요."

그녀는 예언이라도 하듯 말했다.

8

떠걱떠걱떠걱……! 틀니가 떡갈나무 식탁으로 떨어졌다. 남편의 입이 항문처럼 오그라들며 비명이 새어나왔다. 그녀는 떡갈나무 식탁에서 몸을 일으켰다. 부엌으로 움직여 갔다. 찬장에서 흰 접시 한 장과 나이프 세트를 꺼내들고 떡갈나무 식탁으로 움직여 왔다. 떡갈나무 식탁에 흰 접시를 내려놓았다. 침이 진득하게 묻은 틀니를 집어들었다. 귀한 손님에게 대접할 음식을 담듯, 흰 접시의 한가운데에 틀니를 가지런히 올려놓았다. 틀니가 철기 시대의 유물처럼 빛났다. 그녀는 나이프와 포크를 각각 오른손과 왼손으로 움켜쥐었다. 나이프를 틀니의 벌어진 새로 쑥 집어넣었다. 포크마저 집어넣고는 틀니를 한껏 벌렸다. 포크와 나이프에 묻어 있던 녹이, 틀니에 묻어 있던 침과 엉켰다. 피처럼 붉은 침이 흰 접시 바닥에 흘렀다.

"아무래도……"

그녀는 포크와 나이프를 얌전히 흰 접시 옆에 내려놓았다.

9

"걱정이지 뭐예요."

침묵.

"관리인 말이에요."

침묵.

"따뜻한 차를 끓여내야 할까요? 달걀이 있기는 하지만……"

침묵.

"부활절도 아닌데 삶은 달걀을 내놓으면 이상하겠지요."

침묵.

"오후 두 시요."

침묵.

"관리인은 오후 두 시에 방문할 거라고 했어요."

10

한쪽 벽면을 뒤덮은 담쟁이 줄기들이 혓바닥 같은 잎들을 무더기무더기 피워올렸다.

11

"그런데…… 무슨 소리가 들리지 않나요?"

그녀는 공포와 경계, 무료함이 뒤섞인 눈동자로 현관문을 빤히 바라보았다. 발소리였다. 그것은 콘크리트 벽으로 시멘트 가루가 흘러내리는 소리 같기도 했다. 그녀의 스르르 내려오던 눈꺼풀이 한껏 치켜 올라가며 검은자위가 빙글빙글 소용돌이쳤다. 발소리는 409호의 현관문 쪽으로 다가오고 있었다. 남편의 항문처럼 오그라든 입이 복수초 씨앗만 하게 벌어졌다.

"그래요, 관리인이 다녀가고 나면요."

남편이 창자를 토해내기라도 하는 듯한 소리를 내뱉었다.

그녀는 떡갈나무 식탁에서 몸을 일으켰다. 현관문 쪽으로 움직여 갔다. 발소리는 409호의 현관문을 지나쳐 증발하듯 잦아들었다.

그녀가 현관문에서 돌아서는 순간, 벽면을 뒤덮은 담쟁이 잎들이 성냥불처럼 타올랐다.

12

그녀는, 그녀의 유방만 한 양배추 한 통을 양은 찜통에 넣고 가스레인지에 올렸다. 양배추 삶는 냄새가 공기 중에 떠돌았다. 그것은 살이 짓무르면서 풍기는 냄새 같기도 했다. 그녀는 오른손으로, 그녀의 왼쪽 유방을 덥석 움켜쥐었다. 살덩어리 대신에 한 줌의 충만하고 물컹한 공허가 만져졌다.

"내가 마흔두 살이 되던 해였어요. 내 왼쪽 유방을 잘라낸 것이요."

그녀는 밀가루 반죽 덩어리를 만지작거리듯 손가락들을 오므렸다 펴며 공허를 만지작거렸다. 그때마다 공허는 차지게 부풀어올랐다.

"왼쪽 유방이 아니라 오른쪽 유방인 줄 알았지 뭐예요."

그녀는 복도에 버리고 온 뼈들을 기억해냈다. 양은 찜통에서 삶아지고 있는 것이 한 통의 양배추가 아니라 그녀의 잘라낸 왼쪽 유방일 것만 같았다. 뜨겁게 달아오른 양은 찜통 속에서 왼쪽 유방이 젖소의 유방처럼 비대해져 있을 것만 같았다. 사골 국물 같은 젖을 찔끔찔끔 흘리고 있을 것만 같았다. 그녀는, 그녀의 블라우스 단추를 풀어헤치는 심정으로 양은 찜통의 뚜껑을 열었다.

"당신이 그랬잖아요."

양배추는 계란탕처럼 물컹해져 있었다.

"왼쪽 유방이 아니라 오른쪽 유방을 잘라낼 거라고요."

그녀는 부엌 벽에 매달아놓은 국자를 움켜쥐었다. 허공에 대고 국자질을 했다.

13

 국자로 양은 찜통 속의 양배추를 움푹 떴다. 김이 뭉글뭉글 피어오르며 양배추가 형체를 잃고 허물어졌다. 걸쭉한 소스를 뿌리기라도 하듯, 흰 접시 위의 틀니에 양배추를 골고루 뿌렸다. 양배추가 틀니에 엉겨붙으며 흘러내렸다. 그녀는 양배추를 한 국자 더 떴다. 틀니의 벌어진 공간을 양배추로 채웠다.
 "몇 번을 더 얘기해야 되겠어요."
 그녀는 짜증스럽게 내뱉고 찬장 서랍에서 숟가락을 꺼내왔다.
 "관리인이 다녀가고 나면요."
 그녀는 틀니가 머금고 있는 양배추를 숟가락으로 떴다.
 "관리인은 오후 두 시에 방문한다고 했어요."
 그녀는 남편의 벌어진 입으로 양배추를 흘려 넣었다.
 "너무 많이 드시지는 마세요. 식탐도 죄악이에요."
 남편의 식도로 넘어가던 양배추가 입 밖으로 게워졌다.
 "관리인은 오후 두 시에 온다고 했어요."
 그녀는 어깨에 두른 자주색 삼각 숄 자락을 끌어당겨 남편의 입 주변을 훔쳤다.

14

 햇빛이 잦아들며 거실이 늪지대의 웅덩이처럼 가라앉았다. 남편의 흐려졌던 윤곽이, 물이 마른 자국처럼 도드라졌다.
 떡갈나무 식탁이 관(棺)처럼 떠올랐다.
 "관리인이 오죽 바쁘겠어요."
 침묵.
 "빌라 거주자들이 어디 한두 명이겠냐고요."
 침묵.
 "별의별 거주자들이 다 있을 거예요. 우리처럼 늙고 기운 없는 거주자들이야 있으나 없으나 매한가지겠지만 말이에요."
 침묵.
 "아무래도 얘기를 해야겠지요……?"
 침묵.
 "그래요, 얘기를 하는 것이 낫겠어요."
 침묵.

15

"당신도 기억하지요?"

그녀가 회상에 젖은 목소리로 말했다.

"그 사람들 말이에요."

두 달 전 그녀의 집에는 한 무리의 사람들이 통보도 없이 찾아왔다. 그들이 그녀의 집 초인종을 눌렀을 때 찜솥에서는 그녀의 유방만 한 양배추가 삶아지고 있었다. 그들은 409호의 현관문을 부서뜨릴 듯 거칠게 밀고 들이닥쳤다. 남편은 떡갈나무 식탁에 앉아 그들을 맞았다. 그들은 떡갈나무 식탁에 둘러앉았다. 떡갈나무 식탁은 그녀와 남편, 그리고 그들이 둘러앉고도 자리가 남아돌았다. 그들은 들이닥칠 때와는 다르게 침묵을 지키며 정중하게 앉아 있었다. 그녀는 양은 주전자에 정종을 데웠다. 혀를 델 만큼 뜨겁게 데운 정종에 복어의 지느러미를 띄웠다. 그들에게 정종을 한 잔씩 나누어주었다. 삶은 양배추를 한 국자씩 나누어주었다. 그들은 정종을 한 모금 한 모금 들이켜며 양배추를 혀로 핥아 먹었다. 어금니를 광포하게 부딪치며 양배추를 씹어 먹기도 했다.

"그런데 그들이 누구였지요?"

그녀가 고개를 천천히 저으며 말끝을 흐렸다. 그들은 복지관 직원들도 아니었고 교회나 성당의 전도사들도 아니었으며 보건소의 사람들도 동사무소나 구청의 공무원들도 아니었다. 그렇다고 그녀의 아들들도 아니었다.

"그들이 방문했을 때도 오후 두 시경이었을 거예요."

16

드디어, 초인종 소리가 울렸다. 그것은 콘크리트 벽 속에 심어놓은 철골 자재가 부러지는 소리 같기도 했다. 관리인은 오후 두 시에 방문할 거라고 했다. 흰 접시에 떠놓은 삶은 양배추는 까맣게 말라가고 있었다. 그녀는 검은자위를 굴려 오리나무 시계를 바라보았다.

"아……, 오후 두 시요……."

그녀는 허공으로 삼켜지듯 떡갈나무 식탁에서 몸을 일으켰다. 현관문 쪽으로 움직여 갔다. 아흔아홉번째의 문을 열기라도 하듯 현관문을 활짝 열었다. 복도는 텅 비어 있었다. 그녀는 현관문을 닫았다. 떡갈나무 식탁으로 움직여 갔다. 순례자처럼 경건함이 가득한 움직임으로, 떡갈나무 식탁을 가운데 두고 원을 그리고 돌았다.

"난 다 이해해요."

침묵.

"내가 관리인이었어도 그렇게 했을 거예요."

침묵.

"흑문조 말이에요."

침묵.

"새를 길러서는 안 된다고 했지요."

침묵.

"어디든 금기와 질서가 있어야 하는 법이잖아요."

침묵.

"금기와 질서를 깨뜨리는 것도 죄악이에요."

침묵.

"흑문조를 어떻게 했느냐고요?"

침묵.

"냉동실에 넣고 딱딱하게 얼려버렸잖아요. 숲으로 날려버릴까도 생각했지만 들쥐한테 잡아먹히는 것보다는 나으니까요. 죄다 뜯어 먹히고 대가리만 남겨질 것을 생각하면 얼마나 끔찍한데요."

침묵.

"그런데……"

그녀는 바위 덩이를 옮기듯 부엌 냉장고 쪽으로 고개를 돌렸다.

"흑문조를 치운 기억이 나지 않네요."

그녀는 문득 보폭을 짧게짧게 끊으며 냉장고 쪽으로 움직여 갔다. 냉동실 문에 오른쪽 귀를 바짝 가져다 댔다. 그녀의 흰자위가 창백하게 부풀어오르며 검은자위가 남편 쪽으로 확 쏠렸다. 흰자위가 비누 거품처럼 부글부글 끓어올라 눈동자의 경계 밖으로 흘러넘쳤다.

"관리인이 다녀가고 나면 버리고 와야겠어요."

침묵.

"흑문조를 버리러 간 사이에 관리인이 오면 안 되잖아요."

침묵.

"오후 두 시요."

그녀는 냉장고 문에서 오른쪽 귀를 떼어냈다.

"관리인은 오후 두 시에 방문한다고 했어요."

17

"여행을 떠났는지도 모르잖아요."

침묵.

"408호 거주자 말이에요."

침묵.

"언젠가 복도에서 408호 거주자를 만난 적이 있어요. 시장에 다녀오는 길이었어요. 양배추를 사야 했거든요. 408호 거주자가 열쇠를 잃어버렸는지 복도를 서성거리고 있었어요. 나는 408호 거주자가 관리인인 줄 알았지 뭐예요. 어딘가 엄격해 보이는 데가 있었거든요."

침묵.

"408호 거주자한테 양배추를 한 통 나누어주었지요."

침묵.

"한 빌라에 거주하는 사람들끼리 인정 좋게 지내는 것이 좋잖아요."

침묵.

"양배추가 어때서 그래요."

침묵.

"나누어줄 거라고는 양배추밖에 없었어요."

침묵.

"양배추라도 나누어줄 수 있는 게 어디예요."

침묵.

"양배추를 한 통 더 삶을까요? 삶아놓은 게 두 국자 정도 남았지만 버려야 해요…… 보나마나 못 먹는다니까 그러네요……"

침묵.

"양배추가 한 통 다 삶아질 때쯤에는 관리인이 오겠지요."

침묵.

"관리인은 오후 두 시에 방문한다고 했어요."

침묵.

"그래요, 관리인이 다녀가고 나면요."

침묵.

"관리인이 다녀가고 나면……"

18

양은 찜통 속의 양배추는 덩어리 덩어리가 진 채 고무지우개처럼 말라비틀어져 있었다. 그녀는 양배추에서 검푸른

곰팡이가 부글부글 피어나는 것을 물끄러미 바라보았다. 찜통을 뒤집어 양배추를 개수대에 쏟아버렸다. 복도에 버리고 온 한 무더기의 뼈들을 기억해냈다. 그녀는 뼈들로 복도 콘크리트 벽 갈라진 틈들을 메웠다. 콘크리트 벽은 틈들로 넘쳐났다. 그녀는 자라처럼 목을 길게 빼고 뼈를 울컥울컥 토해냈다. 그녀의 살 속에 박혀 있던 뼈들이 한 덩이 한 덩이 토해졌다. 손가락 마디마디의 뼈들이 무더기로 토해졌다. 그녀는 뼈들로 틈들을 메웠다.

19

거실 창이 쏟아질 듯 흔들리며 확성기에서 울려 나오는 것 같은 소리가 들려왔다.

"계란을 나누어준다고 하네요."

그녀는 오른손으로 왼쪽 가슴을 움켜쥐었다. 오른손 가득 만져지는 공허를 주물럭거렸다. 신음하듯 어금니를 갈았다.

"그것도 한 판씩이나요."

그녀는 오리나무 시계를 흘끔 바라보았다.

"관리인만 아니라면 계란을 받으러 가겠지만……"
그녀는 미간을 접으며 고개를 저었다.
"관리인이 오후 두 시에 방문한다고 했거든요."
침묵.
"종말을 기다리는 것보다 낫잖아요."
침묵.
"관리인 말이에요."
침묵.
"뭐라구요?"
침묵.
"그래요, 알겠어요. 기다려봐요. 조금만 기다려보라구요. 관리인이 당장 들이닥칠 것도 아니잖아요."

그녀는 흰 접시 위의 틀니를 집어들었다. 틀니에는 까맣게 마른 양배추가 덕지덕지 달라붙어 있었다. 그녀는 남편의 입을 벌리고 틀니를 쑤셔넣었다.

20

"얘기를 하는 게 좋을까요……?"

침묵.

"수돗물 말이에요. 녹이 섞여 나온다는 얘기를 하는 게 좋겠느냐고요."

침묵.

"수도 배관을 다 들어내야 할지도 몰라요. 빌라가 세워진 게 50년이 넘었으니 배수관들이 오죽 녹슬었을까요. 수도 배관들을 들어내려면 바닥도 파야 할 테고…… 하루로는 끝나지 않겠지요. 날씨도 추워지고 있는데……"

침묵.

"떡갈나무 식탁 밑으로도 수도 배관이 지나가는 게 틀림없어요."

침묵.

"떡갈나무 식탁을 옮기는 것도 만만치 않을 거예요."

침묵.

"2백 년이라고 했어요. 2백 년 된 떡갈나무로 식탁을 짰다고 했어요."

침묵.

"2백 년 된 떡갈나무를 옮겨 심는다고 생각해봐요."

침묵.

"아무래도 얘기하지 않는 것이 좋겠어요."

침묵.

"그래요…… 관리인은 오후 두 시에 방문한다고 했어요."

그녀는 떡갈나무 식탁에서 몸을 일으켜 부엌 개수대 쪽으로 움직여 갔다. 손으로 수도꼭지를 움켜쥐고 오른쪽, 오른쪽으로 비틀었다. 부엌과 거실 바닥 그리고 벽들과 천장이 지진에 휩싸인 듯 흔들렸다. 수도꼭지에서 녹 조각 섞인 불그스름한 물이 쏟아졌다. 부엌 벽면이 벌어지며 배수관이 툭 불거져 나왔다. 배수관은 벽면에 거머리처럼 달라붙어 덜덜덜 떨었다. 떡갈나무 식탁이 결들을 따라 터지고 갈라졌다. 남편의 입속 틀니가 떠걱떠걱 부딪쳤다. 남편의 고개가 오른쪽으로 기울어지며 틀니가 튀어나왔다. 틀니의 벌어진 새로 혀가 쑥 내밀어졌다. 담쟁이 줄기들이 천장을 타고 개수대까지 뻗쳤다. 그녀는 수도꼭지를 왼쪽, 왼쪽으로 비틀었다. 부엌 벽면 밖으로 튀어나온 배수관이 터질 듯 흔들리다가 저절로 잦아들었다.

담쟁이 줄기들이 수도꼭지를 치친 감더니 구멍 속으로 끝없이 뻗어 들어갔다.

21

 남편의 이마와 광대가 점차 노란빛을 띠어갔다. 납처럼 서늘한 눈동자가 단말마의 빛을 내뿜으며 꺼져들었다. 혀가 턱 아래까지 길게 늘어졌다.
 "관리인은 오후 두 시에 방문한다고 했어요."

22

 "그런데 아까부터……"
 그녀는 허공의 한 지점을 뚫어져라 쏘아보았다.
 "울음소리가 들리지 않나요?"
 침묵.
 "흑문조의 울음소리 말이에요."
 침묵.
 "흑문조가 꼭 저렇게 울었잖아요."
 침묵.

23

천장에서 내려온 담쟁이 줄기가 남편의 목을 조이듯 감았다. 목덜미로 잎들을 틔우며 귓구멍 속으로 뻗어 들어갔다. 박쥐가 한 마리 한 마리 삼켜지듯 귓구멍으로 담쟁이 잎이 한 잎 한 잎 삼켜지고 있었다.

"설마……"

그녀가 탄식을 내지르듯 중얼거렸다.

24

"409호를 비워달라는 것은 아니겠지요……?"

침묵.

"그럴 리가요. 그렇지는 않겠지요. 위층도 오래전부터 비어 있던 것 같던데……"

침묵.

"그리고 우리처럼 성실하고 조용한 거주자를 내쫓을까 봐서요. 지난 30년 동안 날짜를 하루도 거르지 않고 관리비를 꼬박꼬박 내왔잖아요. 수도세나 전기세를 밀린 적도 없는걸요. 소란을 피운 적도 없고요. 방문 닫는 소리조차 내지 않으려고 방문들을 언제나 반쯤 열어두었잖아요. 어디 그것뿐인가요. 발소리조차 내지 않으려고 늘 발뒤꿈치를 살짝 치켜들고 걸었잖아요. 당신은 벽에 금이라도 갈까 봐 못 한 개도 함부로 박지 않았어요."

침묵.

"그래요. 나도 듣기는 했어요. 나도 귀가 있는걸요. 어느 빌라에선가 거주자들을 내쫓았다고 하더군요."

침묵.

"그것도 한꺼번에요."

침묵.

"그래도 닭장에 비한다면 409호는 천국이에요."

침묵.

"닭장에서는 목을 매달아 죽을 수도 없잖아요. 그 좁아터진 데서 어떻게 목을 매달겠어요. 그렇지만……"

그녀는 고개를 꺾듯이 쳐들고 천장을 빤히 올려다보았다. 천장은 담쟁이 줄기들로 바글바글 뒤덮여 있었다. 담쟁이 줄기 한 가닥이 바르르 떨리더니 허공으로 뱀처럼 길게 내려왔다. 잎들이 박쥐들처럼 그악스럽게 매달렸다. 수백 년 된 도자기에 금이 가듯 그녀의 눈가와 입가에 무참히 주름이 졌다. 그녀는 담쟁이 줄기를 향해 두 손을 내뻗었다. 열 개의 손가락들을 찢듯이 벌렸다. 그녀 얼굴의 주름들을 덮었다.

"관리인은 오후 두 시에 방문한다고 했어요."

그녀는 탄식처럼 중얼거리며 손가락들을 떼어냈다.

25

"여보, 그새 머리카락이 많이도 자랐네요."

그녀는 찬장 서랍에서 가위와 보라색 보자기를 꺼내왔다.

"아무래도 머리카락을 깎는 것이 좋겠어요."

그녀는 남편의 등 뒤에 바짝 서서 보라색 보자기를 펼쳤다.

"관리인한테 추레한 늙은이로 보여서 좋을 것도 없잖아요."

그녀는 담쟁이 줄기가 겹겹이 감겨 있는 남편의 목에 보라색 보자기를 둘렀다. 허공에 대고 창 창 창 가위질을 했다.

"가위가 다 녹이 슬었지 뭐예요. 그래도 머리카락은 자를 수 있을 거예요."

그녀는 남편의 샛빛 머리카락을 한 움큼 움켜쥐었다. 머리카락들과 함께 담쟁이 줄기 한 가닥이 움켜쥐어졌다. 그녀는 가위의 두 날을 벌렸다. 머리카락을 싹둑 잘랐다. 머리카락들과 담쟁이 줄기가 떡갈나무 식탁으로 어지럽게 흩어졌다.

"오……!"

가위의 두 날이 허공에서 찰캉찰캉 부딪쳤다.

"당신…… 당신…… 귀를 잘랐지 뭐예요."

보라색 보자기에 피가 배어나왔다. 가위의 두 날을 따라 피가 번졌다.

"다행히 아마포가 있지 뭐예요."

그녀는 손에 쥐고 있던 가위를 흰 접시 위에 가지런히 올려놓았다. 가위의 두 날을 남편의 늑골을 향해 한껏 벌렸다. 그녀는 부엌으로 분주히 움직여 갔다. 찬장 서랍들을 뒤져 아마포를 찾아냈다. 아마포를 펼치자 밀가루로 쑨 풀 냄새가 풍겼다. 그녀는 아마포로 남편의 이마를 감아버렸다.

"언젠가 미라를 보러 간 적이 있잖아요. 3천 년이나 된 미라였어요."

그녀는 남편의 눈썹과 두 눈동자도 아마포로 감아버렸다.

"미라를 온통 친친 감고 있던 천이 아마포라고 했어요."

그녀는 남편의 광대뼈와 턱도 아마포로 친친 감았다.

"죽은 사람의 옆구리를 뚫어 간과 폐와 위와 창자를 끄집어낸다고 했어요. 그래요, 심장만은 남겨둔다고 했어요. 눈동자와 이빨과 혀와 뇌도 죄다 파낸다고 했잖아요. 눈동자를 파낸 자리에는 보석으로 된 인조 눈동자를 박아넣는다고 했지요. 혀를 파낸 자리에는 황금 혀를 박아넣는다고 했어요. 내장을 끄집어내 텅 비어버린 뱃속은 모래와 소금으로 채운다고 했지요. 그래요, 모래와 소금요. 모래와 소금으로만 빈 뱃속을 든든히 채우고 나서 아마포로 감는 거지요. 우리가 봤던 미라는 아마포를 스무 겹이나 감았다고 했잖아요."

남편의 목과 어깻죽지와 겨드랑이와 양쪽 팔과 손가락들을 모조리 감고도 아마포가 남았다.

"내 왼쪽 가슴을 잘라낸 자리에 감아놓았던 천도 아마포였어요. 어찌나 겹겹이 감아놓았던지 숨을 들이쉬고 내쉬는 것조차 힘에 부쳤다니까요. 나는 그때도 왼쪽 가슴이 아니라 오른쪽 가슴을 잘라낸 거라고 알고 있었지 뭐예요. 간호사들이 내 오른쪽 가슴에도 아마포를 겹겹이 감아놓았었거든요."

그녀는 남편의 등허리까지 아마포로 감아버렸다.

"아마포를 풀고도 한참이 지나도록 왼쪽 가슴이 아니라

오른쪽 가슴인 줄 알았지 뭐예요."

그녀는 아마포로 온통 감아버린 남편을 한참 동안 뚫어져라 바라보다가 떡갈나무 식탁에 몸을 앉혔다.

"심장은 왜 남겨두느냐고요? 신의 심판을 받기 위해서라고 했어요. 죽은 자들의 신이 있는데, 한 손에는 새의 깃털을 들고 다른 한 손에는 죽은 자의 심장을 들고 무게를 잰다고 했어요. 심장이 깃털보다 무거우면 영원히 죽게 하고 가벼우면 부활하도록 한다고 했어요."

그녀는 흰 접시로 팔을 뻗었다. 남편의 늑골을 향해 벌어져 있는 가위의 두 날을 가지런히 모았다.

26

드디어, 초인종 소리가 울렸다. 그것은 천장이나 벽 속에 심어진 철골 자재가 부러지는 소리 같기도 했다. 관리인은 오후 두 시에 방문할 거라고 했다. 그녀는 떡갈나무 식탁에서 몸을 일으켰다. 현관문으로 움직여 갔다. 현관문 앞에 마비된 듯 서서 숨을 골랐다. 기도하듯, 두 손을 가슴께에서 꼭 모아 쥐었다가 풀었다. 아흔아홉번째의 문을 열듯 현관문을 활짝 열었다. 복도는 텅 비어 있었다. 그녀는 복도 끝을 뚫어져라 바라보았다. 복도 끝이 소실점처럼 작아지더니 지워지듯 사라져버렸다. 복도 콘크리트 벽에서 독(毒)처럼 서늘하고 창백한 뼈가 불쑥 토해졌다. 뼈가 복도 콘크리트 바닥에 떨어지는 순간, 그녀는 신경질적으로 눈꺼풀을 감았다가 떴다. 뼈들이 쿵, 쿵, 쿵, 쿵, 연속해서 떨어졌다. 그녀는 복도 콘크리트 바닥 곳곳에 떨어져 있는 뼈들을 뚫어져라 바라보았다. 뼈들은 흡사 미라 같았다. 간과 폐와 위와 창자와 눈동자와 이빨과 혀와 뇌들이 화석(化石)처럼 굳어 뼈들 주위를 나뒹굴고 있는 것만 같았다. 그녀는 복도에 버리고 온 한 무더기의 뼈들을 기억해냈다. 그녀는 현관문을 닫았다. 떡갈나무 식탁으로 움직여 가서 앉았다.

떡갈나무 식탁은 담쟁이 잎들로 울울하게 뒤덮여 있었다.

"찬장을 뒤져보면 소금이 한 되는 있을 거예요."

27

"내 왼쪽 유방을 들어내며 심장까지 파냈다는 것을 내가 모를까 봐서요……?"

침묵.

"심장을 파내려고 오른쪽 유방을 잘라냈다는 것을 내가 모를까 봐서 그래요?"

침묵.

"당신이 그랬잖아요. 오른쪽 유방을 잘라낼 거라고요."

침묵.

"그런데 오른쪽 유방이 아니라 왼쪽 유방이었어요."

침묵.

"심장이 깃털보다 가벼워야 할 텐데 걱정이지 뭐예요."

침묵.

"그래요, 관리인이 다녀가고 나면요."

침묵.

"관리인은 오후 두 시에 방문한다고 했어요."

그녀는 두 손을 얌전히 떡갈나무 식탁 위에 올려놓았다. 그녀의 어깨에서 삼각 숄이 미끄러져 바닥으로 떨어졌다.

28

 섬유질만 남은 식물의 줄기처럼 질기고 가느다란 것이 광포하게 그녀의 발목을 휘감았다. 철사 같은 것에 의해 끊겨나가는 것만 같은 고통이 발목을 조였다. 담쟁이 줄기가 슬리퍼 속으로 기어들어왔다. 석회 덩어리나 다름없는 발가락들마저도 휘감았다. 발가락들을 한 개 한 개 끊어놓았다. 담쟁이 줄기는 그녀의 종아리와 허벅지를 감으며 가랑이까지 타고 올라왔다. 오른쪽, 오른쪽으로 뒤틀리며 그녀의 질을 뚫고 들어갔다. 자궁에 줄기를 내렸다. 한 개의 줄기에서 수십 개의 줄기가 순식간에 퍼져나갔다. 줄기들마다 잎들을 무성하게 틔웠다.

29

 그녀의 자궁 속 담쟁이 잎들이 진녹색에서 진홍빛으로 물들어갔다. 담쟁이 줄기가 그녀의 등허리와 가슴과 겨드랑이를 휘감고 올라왔다. 왼쪽 유방이 잘려나간 자리 수북이, 잎들을 틔웠다. 잎들은 흡사 파란색 쇠똥구리 부적 같았다. 담쟁이 줄기는 그녀의 팔을 나선형으로 층층층 감으며 타 올랐다. 손가락들을 겹겹이 휘감고 떡갈나무 식탁으로 뻗어나갔다.

30

한순간 그녀의 가랑이가 벌어졌다. 하혈을 하듯, 진홍빛으로 물든 담쟁이 잎들이 울컥울컥 쏟아졌다.

31

관리인은 오후 두 시에 방문할 거라고 했다.

침대

1

 그녀는 정지된 것만 같은, 고요한 표정과 몸짓으로 침대에 다다랐다.
 그들은 그녀가 침대를 지켜야만 한다고 말했다. 그녀밖에는, 그 침대를 온전히 지켜줄 사람이 없다고 했다. 그들은, 그들끼리 그녀가 침대를 지켜야 한다는 것에 대해 암묵의 합의를 본 듯했다. 그것이 그녀에게 부여된 하나의 권리이자, 하나의 의무라고 그들은 말했다.
 그들은 서둘러 침대를 떠났다.
 침대 곁에는 그녀만이 남았다.

침대는 햇빛과 정적과 창문의 쇠창살 그림자로 충만했다. 인조 견사가 안개처럼 침대를 뒤덮고 있었다. 침대는 제단처럼 보이기도 했다.

조개 모양의 암녹색 가죽 소파가 침대를 향해 벌어지듯 놓여 있었다.

그녀는 소파 깊숙이 꺼지듯 몸을 앉혔다. 태아처럼 등허리를 움츠렸다.

그녀는 침대를 지켰다.

그리고 그녀가 침대를 지키는 동안 13년이라는 세월이 훌쩍 흘러갔다.

그녀는 구근이 올라오듯 소파에서 쑤욱 몸을 일으켰다. 소파는 면도날로 마구 그어놓은 것처럼 곳곳이 갈라지고 터져 있었다. 등받이에는 명주실로 꿰맨 자국이 흉측하게 자리 잡고 있었다. 그녀가 침대 곁에서 보낸 지난 13년의 세월이 소파에 고스란히 묻어나 있었다.

그날도 그들이 발소리를 한껏 죽이며 침대를 찾아왔다. 그들은 지난 13년 동안 잊지 않고 침대를 찾아왔다. 그들은 그녀에게 먹을 것과 입을 것을 가져다주기도 했다. 그녀는 침대를 지키며 그들이 가져다준 것을 먹었고, 그들이 가져다준 것을 입었다. 그들은 그녀의 어깨 너머로 의식이라도 치르듯 침대를 물끄러미 내려다보았다. 짧게나마 침대를 내려다보는 동안 그들은 침묵했다. 그들은 뜻 모를 표정을 지으며 고개를 가로젓기도 했다. 그들은 그녀가 침대를 지키는 것이 그녀에게 부여된 하나의 권리이자, 하나의 의무라고 말했다. 아무래도 그들은, 그녀가 지난 13년 동안 침대를 지켜왔다는 사실에 대해서는 결코 생각하지 않는 것 같았다.

그들은 서둘러 침대를 떠났고, 침대 곁에는 또다시 그녀만이 남았다.

간혹 양(梁)간호사가 솜사탕처럼 복슬복슬하고 새하얀 슬리퍼를 질질 끌며 침대를 찾아왔다. 양간호사는 공포에서 가까스로 벗어난 듯한 낯빛으로 침대를 살폈다. 침대를 뒤덮고 있는 인조 견사를 새것으로 바꾸어주거나, 침대를 향해 수화를 하듯 형식적인 손짓을 해 보이다가 도망치듯 침대를 떠났다.

2

 어느 날부터인가 그들은 그녀가 침대를 지키는 것이 하나의 도덕이자, 하나의 희생이라고 말했다. 그녀는 그때마다 우물처럼 움푹 팬 눈으로 그들을 바라볼 뿐이었다. 13년 전 침대에 다다르던 그날처럼 정지된 것만 같은, 고요한 표정과 몸짓으로.

 그녀가 침대를 지키는 것이 하나의 도덕이자, 하나의 희생이라고 말한 날. 그들은 그녀에게 먹을 것과 입을 것 대신에 한 뭉치의 둘둘 말린 철사와 한 뭉치의 색종이를 가져다주었다. 그들은 서둘러 침대를 떠났고, 침대 곁에는 또다시 그녀만이 남았다.

 색종이는 노란색과 파란색과 빨간색, 세 가지였다. 그녀는 노란색 색종이를 한 장 집어들었다. 빳빳하게 마른 색종이를 허공으로 쳐들고 반으로 접었다. 그녀는 그것을 또다시 반으로 접었다. 사사삭 사사삭…… 색종이가 접히며 내지르는 소리가 침대 주변을 떠돌았다. 그녀의 손가락들이 조금씩 더 분주하게 움직였다. 한순간 손가락마다 핏발이 서며 한 송이의 꽃이 활짝 피어났다.

 그녀는 종이꽃을 바치기라도 하듯 침대를 향해 쳐들었다.

그녀는 침대를 지키는 것이 하나의 권리이자 하나의 의무라고도, 하나의 도덕이자 하나의 희생이라고도 생각하지 않았다. 그렇지만 그녀는 침대 곁을 떠나지 않았다. 더구나 그녀는 천성이 움직이는 것을 좋아하지 않았다. 침대를 떠난다고 해도 마땅히 갈 곳이 없었다.

 그녀는 그들이 주고 간 색종이와 철사로 부지런히 꽃을 만들었다. 활짝 만개한 꽃들만을 만들었다. 종이꽃이 그녀의 손에서 만개하는 순간, 그녀는 온몸의 근육들이 화석처럼 굳는 환영에 시달렸다. 소파에 파묻혀 움직임이 완벽하게 정지되어버린 그녀는, 흡사 소파의 터진 새로 불쑥 비어져 나온 누런 스펀지처럼 보이기도 했다. 소파 뒤쪽에서 보면 덩그러니 소파만 놓여 있는 것 같았다.

 드물기는 했지만 때때로, 그녀가 침대로부터 멀찍이 떨어져 있어야만 하는 상황이 벌어지기도 했다. 그녀는 그때마다 고집스럽게 침대를 지켰다. 결코 다섯 발짝 이상은 침대로부터 멀어지지 않았다.

 석 달 만에 또다시 그런 상황이 그녀에게 닥쳤다. 그녀는 소파에 웅크리고 앉아 사사삭 사사삭 종이꽃을 접고 있었다. 다 저녁때 양간호사가 침대를 찾아왔다. 한참 동안 침대를 향해 격렬한 손짓을 해 보이더니, 그녀에게 침대로부터 멀리 떨어져 있을 것을 명령한 것이다. 눌려 있던 스펀지가 펴지듯, 그녀는 소파에서 스르르 몸을 일으켰다. 그녀의 무릎 위에서 활짝 활짝 만개해 있던 종이꽃들이 병실의 시멘트 바닥으로 떨어졌다.

그녀는 애써 피워올린 종이꽃들을 지르밟으며 침대로부터 한 발짝 물러섰다.

"침대에서 끔찍한 광경이 벌어질 수도 있어요."

양간호사가 그녀에게 말했다.

그녀는 한없이 주저하며 두 발짝을 더 물러섰다. 침대에 넘쳐나던 빛이 침대 밑으로 흥건히 흘러내렸다. 쇠창살 그림자가 침대에서 미끄러져 그녀의 발목 부분까지 길게 늘어졌다.

"저는 분명히 주의를 주었어요. 분명히 주의를 주었다고요."

"간호사 아가씨, 침대를 지키는 것은 내게 주어진 하나의 권리예요."

"정말이지 끔찍한 광경이……!"

"침대를 지키는 것은 내게 주어진 하나의 의무이기도 하지요."

그녀는 침대를 지키는 것이 그녀에게 주어진 하나의 도덕이며, 하나의 희생이라는 말은 굳이 하지 않았다. 그녀는 대신에 두 발짝을 더 물러섰다. 그것으로 그녀는 침대로부터 다섯 발짝이나 멀어졌고, 석고상이 굳듯 멈춰 섰다.

"만약 이 늙은이를 침대에서 더 떨어뜨려놓을 작정이라면 그들에게 허락을 구하세요. 그들에게."

그렇게 해서 그녀는 침대로부터 다섯 발짝 이상은 멀어지지 않을 수 있었다.

"그렇다면."

양간호사는 침대를 온전히 점령하고서 주저하는 것 같으면서도 재빠른 그 어떤 행위를 시작했다. 행위를 반복하고 과장하며, 닭의 비틀린 모가지에서 새어나오는 것 같은 탄식을 간헐적으로 내뱉었다. 쇠창살 그림자가 양간호사의 구부린 등허리 위로 불에 탄 자국처럼 길게 드리워졌다. 그녀는 침대에서 벌어지는 광경을 침묵과 인내 속에서 지켜보았다. 침대에서 이루어지는 양간호사의 행위는, 말로 설명하기는 곤란한 불쾌한 냄새를 불러일으켰다. 냄새를 참느라 그녀의 목을 친친 감고 있는 핏줄들이 터져버릴 듯 팽창했다. 꿈틀꿈틀 부풀어오르며 그녀의 목을 서서히 조였다. 누런 호두 빛깔이던 그녀의 낯빛이 샛노랗게 질려갔다.

그녀는 탄식처럼 터져나오려는 비명을 참기 위해, 그때까지 손에 들고 있던 파란색 종이꽃으로 벌어지려는 입을 틀어막았다.

양간호사가 침대를 향해 낮게 굽히고 있던 상체를 발딱 일으켰다. 양간호사의 얼굴을 반이나 가리고 있는, 라면 가락처럼 꼬불거리는 머리카락이 흐트러졌다. 양간호사는 방금까지 침대를 다루던 손으로 머리칼을 매만졌다. 침대의 인조 견사를 새것으로 바꾸어 갈고는 도망치듯 침대를 떠났다.

그녀는 침대로 한 발짝 한 발짝 다가갔다. 어둠과 정적으로 충만한 침대를 흘끗 바라보고는 소파에 앉았다.

침대를 지키는 동안, 그녀는 빨랫비누가 닳듯 점점 몸피가 줄어들었다. 등허리가 굽었다. 그녀의 목탄처럼 검던 머리카락은 회갈색을 띠었다. 그녀는 발짝을 떼어놓는 것조차 힘에 부칠 만큼 쇠약해졌지만 손가락들만큼은 얼마든지 만개한 종이꽃을 만들어냈다. 그녀의 손가락들은 굵어져 마디마디 죽정을 박아넣은 것만 같았다. 살가죽은 우엉 껍질처럼 질기게 쪼그라들었다. 손톱은 마구 뭉쳐놓은 석회 덩이 같았다. 그녀가 사사삭 사사삭 종이꽃을 접는 동안 손톱 가루가 날리기도 했다.

  그들은 이제 침대를 찾아올 때마다 그녀에게 철사와 색종이를 뭉텅이로 가져다주었다. 먹을 것과 입을 것을 가져다주기도 했다. 그들은 그녀가 침대를 지키는 것이 하나의 축복이자, 하나의 믿음이라고도 말했다. 그녀는 그때마다 정지된 듯, 고요한 표정과 몸짓으로 그들을 바라보았다. 그들은 그녀가 만든 종이꽃들을 한 무더기 가져가기도 했다. 그들이 종이꽃을 어디로 가져가는지 그녀는 굳이 묻지 않았다. 그녀는 침대를 떠나지 않았고, 그녀가 침대를 떠나지 않는 동안 하루하루가 지나갔다.

  그녀가 침대를 떠나지 않은 지 꼬박 20년이 되던 해, 한 무리의 낯선 자들이 침대를 찾아왔다. 그녀의 몸피는 점점 줄어들어 여섯 살밖에 먹지 않은 여자 아이처럼 자그마해져 있었다. 그녀는 소파에서 몸을 일으켰다. 그녀의 엉덩이와 허벅지에 깔려 뭉개져 있던 종이꽃들이 절규하듯 피어났다. 소파는 철사로 얼키설키 꿰맨 자국투성이였다.

  뜻밖에도 그들은 '그들'이 아니었다. '그들'이 아닌 것만은 분명했다. 그들은 '그들'보다 예의와 격식을 갖추고 있었다. 그리고 그들은 '그들'보다 종교적이며 도덕적으로 보이는 데가 있었다.

그들은 그녀가 지난 20년 동안 하루도 침대를 떠나지 않는 것을, 지켜봐 왔다고 말했다. 그녀는 그것으로 그녀가 침대를 떠나지 않은 지 20년이 되었다는 것을 깨달았다. 그녀는 그저 그녀가 접은 종이꽃만큼이나 수많은 날들이 흘러갔을 거라고만 생각하고 있었다.

그들은 정중하게 그녀에게 허락을 구한 뒤 침대로 다가섰다. 그녀는 그들이 침대에 조금이라도 더 가까이 다가서도록 소파 옆으로 두 발짝 비켜섰다. 그들은 '그들'처럼 의식이라도 치르듯 침대를 물끄러미 내려다보았다. 쇠창살 그림자가 침대에 길쭉하게 뻗어 있었다. 그들은 침대를 향해 손을 내뻗기도 했고, 성호를 긋기도 했으며, 그들끼리 무슨 말인가를 중얼거리기도 했다.

"오……!"

그들 중 누군가의 벌어진 입에서 탄식이 튀어나왔다. 그리고 탄식과 동시에 그들은 구토 증상을 보였다. 그녀는 그들이 내뱉는 헛구역질 소리를 가만히 듣고만 있었다. 침대가 그들에게 구토를 불러일으키고 있었다. 그들은 구토 증상을 그녀에게 들키지 않기 위해 애를 쓰고 있었다. 그러나 그들의 표정은 고통스럽게 일그러져 있었으며, 그들의 숨소리는 불규칙했다. 그들은 가까스로 구토를 참고 있었다. 그들은 동의를 구하기라도 하듯, 서로를 향해 고개를 끄덕여 보였다.

그들은 침대에서 물러섰다.

그리고 그들은 뜻밖에도 '그들'과 똑같은 말을 했다. 그들은 그녀가 침대를 떠나지 않는 것이 하나의 희생이라고 말했던 것이다.

그들은 경배하듯 침대와 그녀를 향해 고개를 숙여 보였다.

그들 중 한 명이 바닥에 떨어져 있는 파란색 종이꽃을 집어들었다.

"제라늄을 꼭 닮았어요."

그리고 어깨를 슬쩍 떨며 파란색 종이꽃을 조심스럽게 얼굴로 가져갔다. 깊이, 깊이 숨을 들이마셨다. 형언할 수 없는 향기에 취하기라도 하듯 눈꺼풀을 지그시 내리감으며 어깨를 떨었다.

그들은 그녀가 20년 동안이나 침대를 떠나지 않은 것이 종교적인 신념 때문이라고 믿고 있었다.

"모르겠어요…… 이 늙은이는…… 아무것도……"

그녀는 고개를 가로저으며 공손하게 두 손을 가슴께에 모았다.

"그렇다면 무엇 때문입니까?"

그들은 그녀에게 추궁이라도 하듯 물었다.

"그들…… 때문이에요."

그녀는 그들로부터 한 발짝 물러서며 중얼거렸다.

"그들이라고 했습니까?"

"그래요…… 그들 때문이랍니다."

그녀는 그들로부터 또 한 발짝 물러섰다.

"그들이라면……?"

"제발, 그들에게 물어보세요…… 그들에게……"

그러고 그녀는 침묵했다. 그들은, 그들끼리, 그들이 아닌 '그들'에 대해 묻다가 침대를 떠났다. 그리고 침대 곁에는 또다시 그녀만이 남았다. 그녀는 소파에 몸을 앉혔다. 그녀가 마침내 만족할 만큼 소파 깊숙이 몸을 앉히는 순간, 소파에 꿰매놓은 철사들이 투두둑 투두둑 벌어졌다. 그녀는 자신의 등허리가 갈기갈기 찢어지고 벌어지는 것만 같은 고통을 느꼈다.

때마침, 양간호사가 침대를 찾아왔다. 그녀는 양손으로 바닥의 종이꽃들을 한 무더기 들어올려 얼굴을 가렸다. 양간호사가 침대를 떠날 때까지 고통을 참았다. 등허리의 살가죽이 찢기고 벌어져 뼈와 혈관이 비어져 나와 있는 것만 같았다.

 그녀는 철사로 소파를 친친 감았다. 등받이까지 친친 감아버렸다. 소파 깊숙이 꺼지듯 파묻혔다. 종이꽃을 접다가 말고 화석처럼 단단히 굳어갔다. 미처 피어나지 못한 종이꽃이 그녀의 손아귀에 쥐어져 있었다.

 '그들'이 아닌 그들은 며칠 뒤 또다시 침대를 찾아왔다. 그들은 그녀가 침대를 떠나지 못하는 것이 오로지 '그들' 때문이라고 말했다. 그리고 '그들'로부터, 종국에는 '침대'로부터 그녀를 구원해내기 위해 또다시 침대를 찾아올 수밖에 없었다고 말했다. 그들은 지난번 찾아왔을 때처럼 구역질을 해대지는 않았다. 그렇다고 해서 침대를 향해 어떠한 행위도 해 보이지 않았다.

 그들은 다만 그녀에게 침대를 떠날 것을 권유했다.

 "그렇지만…… 그들을 만나보세요…… 그들이 아마도 대답을 해줄 거예요…… 그들이……"

 그리고 그녀는 침묵했다. 오로지 침묵으로 그들을 멀리 쫓아버렸다. 그들은 그녀가 기껏 피워올린 종이꽃들을 함부로 밟으며 침대로부터 멀어졌다.

 사사삭 사사삭— 마른 색종이가 접히는 소리가 그녀가

내뱉는 숨소리처럼 침대 주변을 떠돌았다.

 종이꽃이 활짝 만개하는 순간, 그녀는 침대를 향해 고개를 빳빳이 쳐들었다. 그녀는 침대를 지켜온 20여 년 동안 처음으로, 두 눈동자를 침대를 향해 압정처럼 고정시켰다. 그녀의 눈동자는 흔들림 없이 침대를 똑바로 응시했다. 그러나 곧 흐릿한 거울 속을 들여다보기라도 하듯 미간을 찡그렸다. 침대는 햇빛과 정적과 먼지와 나프탈렌 냄새로 충만했다. 지난 20년 동안 침대는 별다르게 변한 것이 없었다. 그녀의 몸피가 무참히 닳아가는 동안에도, 침대는 그곳에 놓여 있었다. 쇠창살로 막혀 있는 창문 바로 아래에.

 어느덧 그녀의 손안에서는 노란색 종이꽃이 만개해 있었다. 종이꽃을 떠받치고 있는 손가락이 가늘게 떨렸다. 그녀는 침대를 향해 손을 내뻗었다. 핏발 선 손가락들이 침대로 간절히 뻗어나갔다. 침대를 덮고 있는 인조 견사 위에 노란색 종이꽃을 떨어뜨렸다.

 그녀는 소파에서 천천히 몸을 일으켰다.

3

 하루는 양간호사가 그녀와 그들의 관계에 대해 꼬치꼬치 물어왔다. 양간호사는 침대의 인조 견사를 새것으로 바꾸어 갈며 그녀를 집요하게 추궁했다. 그녀는 그런 것은 중요하지 않다는 듯 종이꽃만을 접을 뿐이었다.
 "그들은 할머니의 아들들인가요?"
 20년 전에도 양간호사는 그녀를 할머니라고 불렀다. 그녀가 아무런 말이 없자 양간호사는 서둘러 침대를 떠났다. 양간호사는 그녀가 그들과의 관계에 대해 떳떳하게 말할 수 없는 피치 못할 사정이 있을 것이라고 지레 짐작했다. 곧 양간호사의 입에서부터 시작된 소문이 간호사들 사이에 떠돌았다.
 처음에는 그녀와 그들에 관한 소문이었다. 한동안은 그녀가 그들의 어머니 되는 여자라는 소문이 떠돌았다. 그러나 그리 오래지 않아 소문은 전혀 다르게 바뀌어버렸다. 그들과 그녀가 혈연으로 맺어진 관계는 결코 아니라는 소문이 떠돌기 시작한 것이었다. 그녀가 침대를 지킴으로써 적지 않는 대가를 그들로부터 받아내고 있다는 소문도 나돌았다. 한번 떠돌기 시작한 소문은 좀처럼 사그라질 줄 몰랐다. 그리고 종국에는 그녀와 그들뿐 아니라, 침대에 대한 소문까지 나돌기 시작했다. 소문은 간호사들뿐만 아니라 병자들의 입에까지 오르내렸다.

팔과 다리가 부러진 병자들이, 간과 폐와 위가 썩어들어가는 병자들이, 말하지 못하거나 듣지 못하거나 보지 못하는 병자들이, 헛된 망상으로 뼈와 살이 말라가는 병자들이 침대를 찾아왔다.

병자들은 그녀의 허락도 구하지 않고 침대로 다가갔다. 고통으로 일그러진 얼굴로 침대를 바라보았다. 병자들은 그녀에게 화를 냈고, 울부짖었으며, 그녀에게 매달렸다. 그녀는 다만, 소파 깊숙이 몸을 파묻고 종이꽃만을 접을 뿐이었다. 흰 붕대로 친친 감은 팔이, 그녀의 쪼그라든 젖가슴을 짓누르는 순간에도.

병자들은 그녀의 씀바귀 뿌리 같은 손가락 위에서 활짝 만개한 꽃을 부적(符籍)이라도 되는 듯 얻어갔다. 거칠고 가파른 바위 위에 피어난 꽃을 꺾듯, 안간힘을 다해, 그녀의 손에서 종이꽃을 똑 떼어갔다. 그녀가 온 정성과 온 힘과 온 시간을 다해 피워올린 종이꽃을 갈기갈기 찢어버리는 병자도 있었다. 그녀는 침대를 찾아오는 병자들 때문에 쉬지 않고 종이꽃을 만들어야 했다. 한시도 침대 곁을 떠나지 못했다.

　망상에 사로잡힌 병자들은 때를 가리지 않고 침대를 찾아왔다. 병자들은 침대에서 달리의 그림보다도 초현실적인 광경들을 읽어냈다. 광경은 끔찍하기도 했고, 천국의 한 장면처럼 더없는 평화가 넘쳐흐르기도 했다. 병자들은 고요히 종이꽃을 접고 있는 그녀에게 침대에서 펼쳐지고 있는 광경을 은유와 과장과 반복으로 들려주었다. 병자들은 침대에 죽은 새 떼가 널려 있다고도 했고, 죽은 나무가 거미줄 같은 뿌리를 그악스럽게 뻗고 서 있다고도 했으며, 간장처럼 검게 썩은 물이 그득 고여 있다고도 했다. 망상에 사로잡힌 병자 하나는 침대가 죄악으로 들끓는다며 통탄했다.

　"침대에 심판과 멸망이 있을 것이니……"

　병자는 침대에 온갖 저주를 퍼붓고 떠나갔다.

　망상에 사로잡힌 병자들이 광기 어린 표정과 몸짓으로 쏟아낸 말들은 얽히고설켜 소문으로 떠돌았다. 간호사들과 병자들은 소문의 대부분을 진실로 믿어버렸다. 그리하여 간호사들과 병자들은 침대를 진실로 두려워하게 되었다. 그리하여 침대를 두려워하는 것만큼 그녀를 두려워하게 되었으며, 그리하여 그녀의 손에서 피어난 종이꽃들마저도 두려워하게 되었다.

빨갛거나 노랗거나 파란 종이꽃들은 그녀 모르게 불태워져 재로 사라져버렸다.

수백 개의 종이꽃들이 불태워지고 난 뒤, 마침내는 그녀가 밤마다 침대를 온전히 점령하고 잠이 든다는 소문까지 나돌게 되었다. 종이꽃들을 무덤처럼 덮고 잠든다는 소문이었다. 시체처럼 싸늘하게 식어 숨조차 내쉬지 않는다고 했다. 새벽빛이 창으로 비쳐들면 종이꽃들이 타들듯 까맣게 사그라진다고 했다. 한 개의 종이꽃도 남김없이 타들고 나면, 그녀가 시궁창 냄새보다 더한 악취를 토해내며 서서히 깨어난다고 했다. 침대에서 내려와 얌전히 종이꽃을 접는다고 했다.

소문은 그들에게까지 전해졌다. 소문으로부터 소외되어 있는 자는, 그녀뿐이었다. 그녀밖에는 없었다. 양간호사까지도 그녀에게 소문을 비밀로 했다.

소문이 잠잠히 가라앉은 뒤에야 그들은 침대를 찾아왔다.

그들은 그녀에게, 그녀가 침대를 지키는 것이 하나의 권리라는 말도, 하나의 의무라는 말도, 하나의 도덕이라는 말도, 하나의 희생이라는 말도 하지 않았다. 그들은 그녀에게 줄 먹을 것과 입을 것을 가져오지도 않았으며 철사와 색종이도 가져오지 않았다. 그들은 그녀의 흔적을 찾아내기라도 하려는 듯 침대를 기민하게 살폈다. 그들은 침대에서 마침내 무엇인가를 찾아냈다. 그들은 그것을 침대에서 들어 올렸다. 그녀를 향해 그것을 미세하게 흔들어 보였다. 그것은 한 가닥의 철사였다. 녹색 색종이로 친친 감아 만들어놓은 꽃의 줄기, 바로 그것이었다.

"그것을 내게 주어요."

그들은 그것을 기꺼이 그녀에게 주었다. 그녀는 그들에게 머리를 조아려 보이며 그것을 받아들었다. 그것을, 만개한 꽃의 중심에 힘껏 꽂았다. 그녀는 그렇게 해서 완성된 한 송이의 꽃을 그들 중 한 명에게 주었다. 그들은 꽃을 한 송이 얻어가지고 서둘러 침대를 떠났다.

침대 곁에는 또다시 그녀만이 남았다.

그들이 다녀간 뒤 침대를 찾아오던 병자들의 발길은 하루아침에 뚝 끊어졌다. 그들은 침대가 모든 병자들로부터 철저히 격리되기를 원했으며, 격리를 위해 합당한 수고와 절차를 거쳤다. 양간호사만이 어쩌다기 떠밀리기라도 하듯 한없이 망설이며 침대를 찾아왔다. 양간호사는 멀찍이서 공포에 찌든 눈동자로 침대를 바라보다가 가버렸다.

침대와 그녀는 그렇게 모든 병자들로부터 철저히 격리되었다.

침대를 떠나지 않는 동안 그녀는 몸피뿐만 아니라 식욕이나 성욕 같은 욕망마저도 줄어들었다. 그녀는 아주 조금밖에 먹지 않고도 허기를 느끼지 않았으며, 소파에 앉아 있는 대부분의 시간에 깨어 있었다. 어쩌다가 까무룩 잠이 들었다가도 벼락이라도 맞은 듯 소스라치며 깨어났다. 몇 날 며칠을 뜬눈으로 깨어 있기도 했다. 여간해서는 잠을 이루지 않는데도 눈곱이 자주 꼈다. 그녀는 눈곱이 눈동자를 덮어버릴 만큼 커질 때까지 눈곱을 떼지 않았다. 손가락을 고부려 눈동자를 후벼 파내기라도 하듯 눈곱을 떼어냈다. 손톱이 눈동자를 찔러 핏발이 서기도 했다.

그들은 어느 날부터인가 그녀가 침대를 지키는 것이 하나의 시험이라고 말했다. 그녀의 오른쪽 눈동자는 노란 눈곱으로 뒤덮여 있었다. 그들은 그녀가 원하기만 한다면, 그녀에게 새 가죽 소파를 선물하겠다고 말했다. 암녹색 가죽 소파는 그녀에 의해 무참히 닳고 꺼져 있었다. 소파에 친친 감아놓은 철사는 소파를 갈기갈기 찢으며 파고들어 가 있었다. 누런 스펀지가 터진 내장처럼 불쑥불쑥 튀어나와 있었다.

"새 소파라면 나는 원하지 않아요……"

그녀는 소파에 웅크리고 앉았다. 손에 움켜쥐고 있던 철사로 오른쪽 눈동자를 후벼 팠다. 철사 끝으로 눈곱을 긁었다.

그들은 서둘러 침대를 떠났다.

침대 곁에는 또다시 그녀만이 남았다.

한동안 그들은 침대를 찾아오지 않았다. 그녀는 그들을 기다리지는 않았다. 그녀는 침대를 지켰고, 어느덧 1년이 지나갔다. 그녀는 침대를 지키는 것이 하나의 시험이라고는 생각하지 않았지만 침대 곁을 떠나지 않았다. 침대로부터 멀찍이 달아나려고 해도 그녀는 이제 힘에 부쳤다. 그녀는 가능한 한 소파를 떠나지 않았고, 정물처럼 극도로 움직임이 정지된 상태에서 열 개의 손가락만 부지런히 놀렸다. 그녀는 여전히 침대에서 다섯 발짝 이상을 떨어지지 않았다. 그녀가 하루에 걷는 걸음의 양도 기껏해야 다섯 발짝밖에는 안 되었다. 몸피는 점점 줄어드는데도, 무릎만은 기형석으로 부풀어올랐다. 무릎은 흡사 죽은 나무의 밑동에 박힌 옹이 같았다. 그녀는 무릎이 참아내기 힘들 만큼 시려올 때마다 철사로 그곳을 꾹꾹 눌렀다. 철사가 질긴 살갗을 뚫고 들어가 한 줄기의 피를 흐르게 해도, 그녀는 그저 고요한 표정으로 종이꽃만을 피워올릴 뿐이었다. 절정에 다다른 종이꽃으로 피를 훔칠 뿐이었다. 종이꽃은 다섯 장이나 되는 마름모꼴의 꽃잎마다 피를 악착같이 머금었다. 꽃잎은 모두 다섯 장이었다. 꽃잎들은 무릎에 거머리처럼 찰싹 달라붙어서 떨어질 줄을 몰랐다. 간신히 피가 멎으면, 비릿한 피 냄새를 만족스럽게 풍기며 화르륵 시들어버렸다. 피를 머금은 채 꾸덕꾸덕 말라갔다.

그들은 여전히 침대를 찾아오지 않고 있었다. 반년이라는 세월이 또다시 흘러갔다. 그녀의 두 다리가 버텨낼 수 있는 걸음은 이제 다섯 발짝밖에는 안 되었다. 그녀는 간신히 한 발짝 한 발짝을 내딛었고 다섯 발짝째를 내딛은 뒤에는 쓰러지지 않기 위해 온 힘을 다해 버티고 서 있어야 했다. 무릎이 쩍쩍 갈라지는 듯한 고통을 참아냈다. 그녀는 단 한 발짝도 내딛지 못한다 해도 그다지 아쉬울 것이 없을 것 같았다. 침대로부터 단 한 발짝밖에는 달아날 수 없게 된다고 해도.

그들이 오랫동안 침대를 찾아오지 않고 있다는 것을 양간호사도 알았다.

"그들이 오지 않는군요."

양간호사는 혼잣말을 하듯 중얼거리며 그녀에게 한 줌의 견과를 나누어주었다. 곡식의 씨앗을 뿌리기라도 하듯, 만개한 종이꽃들로 그득한 그녀의 무릎에 견과를 흩뿌리고 가 버렸다. 그녀는 양간호사가 멀어지기를 기다려 종이꽃들을 헤집었다. 곱은 손가락들로 견과를 찾아내었다. 입을 꾹 다문 채 견과를 입속으로 꾸역꾸역 밀어넣었다. 입술에 자글자글 주름이 지며 견과가 입속으로 빨려 들어갔다. 견과는 돌덩이처럼 딱딱했다. 그녀는 견과가 물컹해질 때까지 그것을 사탕처럼 빨았다. 어금니로 으드득으드득 갉아 먹었다. 절대로 입을 벌리지 않았다.

닭의 콩팥만 한 견과 한 알만으로도, 그녀는 하룻날의 허기를 충분히 잊을 수 있었다.

고양이의 발톱만 한 견과 한 알만으로도, 그녀의 복중은 충만히 차올랐다.

그녀의 무릎에서 종이꽃들이 홍수처럼 넘쳐흐르던 어느 밤이었다. 세상의 모든 병자들이 잠들었을 깊고 깊은 밤이었다. 자그마하고 반백인 어떤 남자가 한껏 발소리를 죽이며 침내를 찾아왔다. 그녀는 종이꽃을 접으며 침대로 디가드는 발소리를 들었다. 남자는 절벽 끝으로 치닫기라도 하듯 침대로 한 발짝 한 발짝 다가들었다. 남자는 침대와 한 발짝밖에는 떨어지지 않은 곳에 벼락처럼 섰다. 어깨를 힘없이 늘어뜨리고 침대를 내려다보았다. 젖은 종이가 접히듯 느닷없이 침대로 무너져내리더니 어깨를 떨며 흐느끼기 시작했다. 남자의 어깨는 점차 심하게 들썩거렸고 그것에 맞추어 침대가 격렬하게 흔들렸다. 그녀의 손가락들 위에서 반쯤 접혀 있던 종이꽃이 바닥으로 떨어졌다. 그녀는 물감이 번져나가듯 남자의 어깨를 향해 팔을 내뻗었다. 손가락들이 간신히 남자의 어깨에 닿았다. 손가락들을 못처럼 박아넣기라도 하듯 어깨를 극렬하게 부여잡았다. 남자가 그녀의 손을 홱 뿌리쳤다. 그녀가 흔들리며 무릎에 수북이 쌓여 있던 종이꽃들이 바닥으로 떨어졌다. 그녀는 혀에 염증처럼 달라붙어 있던 견과를 어금니로 오드득 오드득 씹었다. 도롱뇽의 눈알만 한 견과가 곱게 빻아질 때까지 어금니를 바득바득 갈았다.

남자는 그녀에게 그녀가 침대를 지키는 것이 하나의 집착이자, 하나의 위선이라고 말했다. 남자는 그러고 서둘러 침대를 떠났다. 침대 곁에는 또다시 그녀만이 남았다. 그녀는 남자의 발소리가 완전히 잦아든 뒤에야 남자가 그들 중 한 명이라는 것을 깨달았다. 그녀의 마른입 안에서 견과 가루가 날렸다. 술패랭이 줄기처럼 오그라든 식도에도 견과의 가루가 날렸다. 견과 가루가 식도를 틀어막아 그녀는 숨을 내쉴 수도 들이쉴 수도 없었다. 그녀는 식도를 통째로 토해내기라도 할 듯 격렬한 기침을 쏟았다.

그녀가 침대를 지키는 동안, 병동의 다른 병실에서는 병자들이 죽어나가기도 했다. 그녀로부터 종이꽃을 얻어간 병자들도 죽어나갔다. 침대에 넘쳐나는 환(幻)들에 탄복하고 절규하던 병자들도 죽어나갔다. 침대를 향해 심판과 멸망을 외치던 병자도 죽어나갔다. 병자들이 죽어 거두어진 침대마다에는 다른 병자들이 인도되었다. 새로 인도된 병자들 중에는 그녀와 침대의 존재를 아주 오래전에 소문으로 들어 알고 있는 이들도 있었다. 이따금씩 그들 중에 위악적이거나 호기심 많은 자들이 불쑥 침대를 찾아오기도 했는데, 먼지를 수북하게 뒤집어쓴 종이꽃들에 질려 도망치듯 서둘러 가버렸다.

그리하여 그녀가 침대를 지키는 동안 35년의 세월이 훌쩍 지나가버렸다. 암녹색이던 소파는 철사의 녹물이 들어 직록색을 띠었다. 그녀는 밀가루 반죽이 지나치게 부풀어 오르는 것을 방지라도 하려는 듯 철사를 쑤욱— 수직으로 꽂아넣고는 했다. 그녀는 이제 아무리 멀어지려고 해도 침대로부터 세 발짝 이상은 멀어질 수 없게 되었다.

4

 그날도 그녀는 소파에 웅크리고 앉아 노란 색종이로 종이꽃을 접고 있었다. 그녀의 곱은 손가락들에서 종이꽃이 만개하는 순간, 병실 문이 부서지기라도 하듯 열렸다. 그녀는 소파에서 쑥 몸을 일으켰다. 그들, 그들이었다. 그녀는 소파 옆으로 비켜섰다. 그들은 절제된 몸짓으로 침대를 향해 걸어왔다. 그녀는 그들이 그녀에게 줄 먹을 것과 입을 것을 가져오지 않았다는 것을 알아차렸다. 그들은 까마귀처럼 검은 옷들을 차려입고 있었는데, 그들의 손에는 아무것도 들려 있지 않았다. 그들은 또한 철사와 색종이도 가져오지 않았다.

 그들은 그녀를 원망이라도 하듯 바라보았다.

 그들은 거친 어깻짓으로 그녀를 가차 없이 밀쳐내며 침대에 성큼 다가섰다. 그녀는 벽이 허물어지듯 침대에서 밀려날 수밖에 없었다. 그녀가 휘청거리는 바람에 그녀의 손에 오롯이 들려 있던 종이꽃이 꺾이듯 한쪽으로 기울며 바닥으로 떨어졌다.

 그들은 대개 그녀를 그들과 침대 사이에 위치하게 했었

다. 그들은 그녀의 자그마한 육체를 빌려 침대를 그들로부터 격리시켰었다. 경계 너머의 이상하고 기이한 세계를 살피듯, 그녀의 낮고 앙상한 어깨 너머로 침대를 내려다보았었다.

그들은 종이꽃을 짓뭉개며 성을 쌓듯 둥글게 침대를 둘러쌌다.

소름이 돋도록 무거운 정적이 침대와 그녀, 그들 사이에 감돌았다. 그들은 진흙이 흘러내리듯 표정을 일그러뜨리며 침대에 매달렸다. 그들 중 누군가 문고리가 뽑혀나가는 듯한 신음 소리를 내뱉었다. 신음 소리는 뽑힌 문고리가 바닥을 구르듯 병실에 떠돌다가 뚝 그쳤다.

"다 끝났군!"

그들 중 누군가 회한에 찬 목소리로 말했다.

"설마!"

"다 끝났어!"

그들은 통탄하듯 울부짖었다. 그녀에게 원망을 퍼부었다. 그녀는 침묵 속에서 가만가만 손가락을 꿈지럭거리며 그들의 원망을 묵묵히 들었다. 그녀의 손은 텅 비어 있었지만 사사삭 시시삭— 종이가 접히는 소리가 환청처럼 그녀의 귓속에서 울렸다.

그녀의 텅 빈 손안에서 종이꽃이 한 송이 피어나는 순간, 그들도 평온을 되찾았다.

"우리는 할 만큼 했어."

"우리는 우리의 의무를 다했지."

"우리의 희생 덕분에 그나마 지금까지 버텨올 수 있었던 거라고."

"우리의 희생 때문에!"

맥박이 급하게 뛰는 것 같은 발소리가 들리더니 양간호사가 들이닥쳤다. 흰 방독면으로 입과 코를 봉한 남자들이 즉각 들것을 들고 양간호사를 따라 들이닥쳤다. 남자들은 흰 면장갑으로 무장한 손으로 침대에서 인조 견사를 벗겨냈다. 남자들은 그다지 성의 있어 보이지 않는 몇 번의 손놀림만으로 인조 견사를 완전히 침대에서 벗겨낼 수 있었다. 인조 견사를 불쑥 허공으로 들어올리더니 들것으로 옮겼다. 허공으로 들어올려지는 순간에 인조 견사의 늘어진 자락들이 펄럭거렸는데, 오랫동안 침묵에 잠겨 있던 그녀로서는 말로 도무지 형언할 수 없는 냄새가 그녀를 자극했다. 그 냄새는 그녀에게 짧게나마 비장한 슬픔 같은 것을 불러일으켰다.

"자정을 넘겼으니 장례식은 이틀에 걸쳐 거행될 거예요."

양간호사가 그들에게 위로하는 듯한 목소리로 말했다. 그들은 양간호사를 따라 침대를 떠났다. 또다시 침대 곁에는 그녀만이 남았다. 양간호사는 침대를 떠나며 연극의 막을 내리기라도 하듯 형광등 스위치를 내렸다. 그녀는 침대를 똑바로 향하고 있었지만 온통 암흑천지라, 침대를 똑바로 볼 수가 없었다.

그녀는 잠들지 않고 날이 밝기만을 기다렸다. 쇠창살 새로 새벽의 차가운 안개가 소용돌이무늬를 그리며 밀려들어왔다. 암흑이 차츰 걷히고, 침대가 안개 속에서 섬처럼 떠올랐다. 그녀는, 그녀가 기껏 피워올린 종이꽃들을 짓밟고 서서 침대를 바라보았다.

인조 견사를 벗겨낸 침대는 철 자재로 단순하게 짜인 구조물에 지나지 않았다. 철 구조물 위에는 직사각형 모양의 시트가 달랑 놓여 있었다. 격자무늬 천으로 씌워져 있는 시트는, 그 안에 심어진 스프링들이 무참히 눌려 움푹움푹 꺼져 있었다. 스프링의 녹이 배어나와 동선 크기만 하게 빈져 있는 곳도 있었다.

그녀는 시트의 한가운데에서 그 어떤 흔적 같은 것을 발견해냈다. 그녀는 흔적을 향해 손을 내뻗었다. 그것은 칡넝쿨이 절규하듯 뻗어나간 것 같은 자국이었다.

이틀 낮 이틀 밤이 지나갔다.

"다 끝났어요."

그녀의 어깨 너머에서, 그녀를 위로하는 것 같은 낮고 절제된 목소리가 들려왔다.

"당신은 할 만큼 했어요."

그녀는 그것이 양간호사의 목소리라는 것을 어렴풋이 깨달았다. 그녀는 뒤를 돌아다보거나 하지는 않았다. 그녀의 손가락들은 한 장의 빨간 색종이를 움켜쥐고 있었다. 바르르 떨며 그것에 온전히 매달려 있었다. 색이 얼룩덜룩 바랜 빨간 색종이는 마지막 남은 한 장의 색종이이기도 했다. 양간호사는 그녀를 침대로부터 떼어놓을 수 없다는 것을 인정하기라도 한 듯, 한 줌의 견과를 그녀에게 나누어주고 가버렸다.

그로부터 나흘 만에야, 그녀는 한 송이의 빨간색 종이꽃을 피워올렸다. 그녀가 그때껏 피워올린 종이꽃과 다를 것이 없는 종이꽃이었다. 그녀는 길고 굽은 줄기를 매달아주었다. 덩굴줄기처럼 억세 보이는 줄기를 만들어주었다. 그녀는 종이꽃에 코를 들이대고 깊이깊이 향기를 들이마셨다. 향기에 취하기라도 한 듯, 목각 인형처럼 고개를 흔들어대

다가 까무룩 잠들었다. 이틀 만에 잠에서 깨어나서는 양간호사가 그녀의 무릎 위에 뿌리고 간 한 줌의 견과로 허기를 채웠다. 견과들이 단단한 껍데기 속에 박혀 있었기 때문에 그녀는 앞니로 껍데기를 벗겨내야 했다. 껍데기를 깨무는 순간 그녀의 앞니들이 금 간 유리처럼 조각조각으로 깨졌지만, 그녀는 아무런 고통을 느끼지 못했다.

그녀는 침대 곁을 떠나지 않았다. 침대 곁에 머무르는 것이 하나의 권리이자 하나의 의무이며, 하나의 희생이자 하나의 도덕이라고 믿어서가 아니었다. 하나의 축복이자 하나의 시험이라고 믿어서도 아니었다.

그리고 그녀의 육체는 마침내 닳고 또 닳아 거품조차도 일어나지 않을 만큼 작아진 빨랫비누 조각만 같았다.

그녀가 최후에 피워올린 빨간색 종이꽃은, 그녀의 가랑이에 한 방울의 정결한 피처럼 오롯이 맺혀 있었다. 그녀는 피를 받기라도 하듯 빨간색 종이꽃을 움켜쥐었다. 그녀의 손가락들에 감겨 있는 혈관들이 수혈이라도 해주려는 듯, 빨간색 종이꽃을 향해, 꿈틀꿈틀, 악을 쓰듯 치달았다. 피들이 손가락 끝으로 쏠리며 손등이 타들어가듯 까맣게 말라갔다. 손목과 팔과 목까지도 까맣게 말라갔다. 흉하게 닳고 뭉개진 손톱들이 불씨처럼 활활 피어났다.

그녀는 단말마 같은 탄식을 내지르며 빨간색 종이꽃을 허공으로 치켜들었다. 빨간색 종이꽃을 침대 머리맡에 떠받들듯 내려놓았다. 그녀는 그렇게 종이꽃으로 침대를 장식해나갔다. 종이꽃은 얼마든지 넘쳐났다. 그녀는 칡넝쿨이 뻗어 있는 것 같은, 거무스름한 자국을 따라서도 종이꽃을 촘촘히 심었다. 철 구조물에 지나지 않던 침대가 종이꽃들로 인해 화사하게 피어났다. 꽃상여처럼 피어났다.

침대는 햇빛과 정적으로 충만했다.

그녀는 축복이라도 하듯 한 줌의 견과를 침대에 뿌렸다.

그녀는 마침내야 때가 되었다는 듯 침대로 올라갔다. 침대를 온전히 점령하고서 누웠다. 종이꽃들이 그녀의 앙상한 육체에 눌려 사사삭 사사삭…… 숨이 죽었다. 그녀의 은회색 머리카락들이 종이꽃들 사이로 물뱀처럼 번져나갔다. 그녀는 두 손을 가슴 위에 가지런히 모았다. 바위가 갈라지듯 가랑이를 벌려 종이꽃들을 품었다. 그녀는 한껏 종이꽃들을 품기 위해 가랑이를 찢어져라 벌렸다.

외마디 탄식과 동시에 그녀의 입이 쩍 벌어졌다.

혓바닥이 벼락처럼 섰다.

그녀의 입 안 그득 우윳빛 마카다미아가 풍성히 넘쳐나고 있었다.

손님들

1

 손님들은 세 명이었지만, 여섯 명으로 보이기도 했고 아홉 명으로 보이기도 했다. '단' 한 명으로 보이기도 했다. 물론 세 명으로 보일 때도 있었다. 손님들은 세 명이 분명했다.

 그리고 어쩌면.

 손님들은 세 명이 아닐 수도 있었다. 손님들이 세 명이어야 할 필요는 없었다. 그렇다고 해서 여섯 명일 필요도, 아홉 명일 필요도 없었다.

손님들은 북쪽에서 내려온 사람들처럼 외투를 입고 있었다. 검은 주머니가 양쪽에 달려 있는 외투였다. 주머니는 흡사 성경책 같았다. 손님들은 주머니 깊숙이 손을 찔러넣고 있었다. 그녀는 손님들이 집을 잘못 찾아온 것이라고 생각했다. 그녀가 살고 있는 구역에는 비슷한 모양의 단층 양옥집들이 수백 채 몰려 있었다. 여자의 집도 단층 양옥집들 중 하나였다. 손님들은 그녀의 집을 찾아온 것이 분명하다고 말했다.

　"우리는 당신의 집을 찾아왔습니다."

　손님들은 동시에 입을 벌려 합창을 하듯 말했다.

　그녀는 결국 손님들을 집에 들일 수밖에 없었다. 손님들은 그녀에게 '당신의 집'이라고 말했다.

　그녀는 손님들을 기억해내려고 했지만, 좀처럼 기억이 나지 않았다.

　손님들은 거실 소파로 가서 앉았다. 소파는 4인용이었지만 손님들은 경직된 자세로 바짝 서로의 어깨를 붙이고 앉아 있었다. 손님들은 고개를 빳빳하게 들고 정면을 응시했다. 정면은 벽이었고, 벽은 격자무늬 벽지로 뒤덮여 있었다. 손님들의 눈동자들은 압핀을 박아넣은 듯 고정되어 있었다. 입들은 일자로 굳게 다물어져 있었다.

손님들이 찾아왔을 때, 그녀의 집 거실 벽면에 걸린 괘종시계는 두 시에서 세 시를 지나고 있었다. 두 시에서 세 시 사이에, 그녀는 주로 낮잠에 들어 있었다. 손님들이 찾아오지 않았다면 그녀는 침대에 누워 있었을 것이다. 시체처럼 떠오를 때까지. 여섯 시가 되어서야 깨어나 저녁쌀을 씻어 안치고 생선을 구웠을 것이다. 어두워져 가는 부엌에서 생선의 뼈를 바르고 있었을 것이다. 살이 마르고 말라 푸른 심줄이 툭툭 불거져나온 손가락으로…… 발라낸 뼈를 집어 들어 어둠 속에 던졌을 것이다. 어둠 속에서 흰빛을 발하는 생선의 뼈는 고생대나 중생대에 살았던 어류의 뼈처럼 보이기도 했다.

손님들이 앉아 있는 소파와 다섯 발짝 떨어진 곳에는 안락의자가 놓여 있었다. 그녀는 안락의자로 몸을 움직여 갔다. 안락의자에 몸을 앉혔다. 그녀는 흔들리고 있었다. 그리고 그것은 순전히 그녀가 흔들리고 있는 안락의자에 몸을 내맡기고 있었기 때문이었다.

손님들은 외투를 벗지 않았다.

손님들은 정물화에 적합한 사물들처럼 보이기도 했다.

그녀는 손님들이 '당신을 찾아온 것'이 아니라, '당신의 집을 찾아온 것'이라고 말했던 것을 새삼 떠올렸다. 그녀는 계속해서, 규칙적으로, 두통을 동반한 현기증을 느끼며 흔들리고 있었다. 그리고 그것은 순전히 그녀가 흔들리고 있는 안락의자에 몸을 내맡기고 있었기 때문이었다.

손님들은 그녀를 의식하지 않고 있었다. 그녀는 오로지 그것 때문에 손님들이 완전해 보였다. 그리고 오로지 그것 때문에 손님들은 도덕적으로 보이기도 했다. 손님들은 무심하고, 인격적인 표정들을 짓고 있었다.

그녀는 문득 손님들이 그녀를 의식하지 않는 것이, 그녀가 손님들을 의식하지 않게 하기 위해 의도된 것일지도 모른다는 생각에 미혹되었다. 그러나 의도되고, 의도되지 않고는 중요하지 않았다. 그녀의 집을 찾아온 지 한 시간이 지나도록, 손님들은 일관되게 그녀를 의식하지 않고 있었다. 그녀는 미혹을 두려워하고 멀리했다.

 그녀는 손님들과 한 공간에 존재하고 있었지만, 손님들과 전혀 다른 공간에 존재하고 있는 듯한 착각이 들었다. '격리'의 느낌이 손님들과 그녀 사이에 투명한 유리 칸막이처럼 가로놓여 있었다.

 그녀는 손님들을 집에서 내쫓는 것이 새장 속 죽은 새를 버리는 것만큼이나 간단한 일처럼 보였다. 간단한 일처럼 보였기 때문에, 그녀는 굳이 손님들을 집 밖으로 내쫓지 않기로 했다.

 그녀는 불현듯 '관계'가 궁금해졌다. 그녀 자신과 손님들의 관계가 궁금한 것은 아니었다. 이를테면 손님들의 관계. 손님들은 혈육으로 엮인 자매들 같기도 했고, 종교로 엮인 자매들 같기도 했으며, 이념으로 뭉쳐진 혁명가들 같기도 했다. 한 손님은 20대 초반으로, 또 한 손님은 30대 중반으로 보였다. 그리고 또 한 손님은 적어도 여든 살은 되어 보였다. 손님들은 머리 색깔도 달랐다. 20대 초반으로 보이는 손님은 짙은 검은색이었고, 30대 중반으로 보이는 손님은 갈색이었으며, 적어도 여든 살은 되어 보이는 손님은 빛나는 금발이었다. 손님들은 피부색도 확연히 달랐다. 몸집도 불균형을 이룰 만큼 차이가 컸다.

손님들을 '집단'으로 보이게 하는 것은 모직으로 짠 긴 외투뿐이었다. 외투는 동유럽의 허공처럼 칙칙하고 우울한, 전체적으로 불분명한 빛깔을 띠고 있었지만 손님들을 '집단'으로 묶어주는 강렬한 기운을 풍겼다. 그리고 손님들을 어딘가 결벽적이고 지적으로 보이게 했다.

손님들은 여전히 외투를 벗지 않고 있었다.

다만 분명한 것은.
손님들이 지금 그녀의 집 거실 소파에 나란히 앉아 있다는 사실이었다.

손님들의 시선은 벽지 격자무늬의 여러 지점들로 분산되다가, 어느 순간 한 지점에 모아졌다. 격자무늬는 철저하게 원칙과 질서로 반복되고 있었다.

그리고.

손님들의 시선이 그녀에게 모아졌다. 그녀는 당황했다. 여섯 개의 눈동자가 한꺼번에 그녀를 뚫어져라 응시하고 있었다.

그리고.

어둠이 그녀의 집 거실에 폐수처럼 흘러들었다. 손님들이 어둠 속으로 가라앉았다. 손님들의 눈동자 흰자위들이 죽은 물고기들처럼 떠다녔다. 그녀는 격자무늬의 '반복'을 더듬어 형광등 스위치를 찾아냈다.

적발되듯, 손님들이 형광등 불빛 위로 떠올랐다.

2

"우리는 당신의 집을 지키기 위해 찾아왔습니다."

손님들 중 누군가가 말했다.

"철거로부터."

손님들 중 또 다른 누군가가 말했다.

"철거라면……"

그녀는 안락의자에서 몸을 일으키며 중얼거렸다. 거실 창 쪽으로 몸을 움직여 갔다. 녹색의 부직포 커튼을 펼쳐 창을 가렸다. 안락의자가 저 스스로 흔들리고 있었다.

3

그녀도 철거에 대한 소문을 들었다. 그녀가 살고 있는 도시에 철거가 선고되었다고 했다. 처음에는 가난과 질병과 범죄로 찌든 구역에서만 이루어지던 철거가 다른 구역들로 확산되고 있었다. 모범적이고 질서 있게 조성된 구역들도 철거로부터 자유로울 수 없었다. 철거는 철저하게 '집'만을 대상으로 했다. 도시에 단 한 채의 집도 남아 있지 않을 때까지, 철거는 중단 없이 진행될 거라고 했다. 지은 지 백 년도 더 된 집이, 2,30년밖에 안 된 집이, 1년도 채 안 된 집이 한순간 감쪽같이 사라지고 있었다. 세워지자마자 사라져버리는 집들도 속출했다. 아기가 태어난 집이 사라지기도 했으며, 오랫동안 아무도 살지 않는 집이 멀쩡히 살아남기도 했다. 단 한 개의 균열도 없이 완벽하고 견고하게 지어진 집이 무참히 허물어졌으며, 잎맥처럼 무수한 균열을 품고 간신히 버티고 서 있는 집이 끝까지 남아 있기도 했다. 철거는 '점진적'으로 진행되기도 했고, '급진적'으로 진행되기도 했다. 어느 날 한 채의 집이 사라지기도 했고, 스무 채의 집이 한꺼번에 사라지기도 했다. 나란히 서 있는 집 네 채가 하룻밤에 한 채씩 차례로 사라지기도 했으며, 몇 미터, 몇 킬로미터의 거리를 두고 대각으로 서 있는 두 채의 집이 동시에 사라지기도 했다.

철거는 철거단원들에 의해 자행되었다. 시인이, 혁명가가, 물리학자가, 경건한 종교인이, 화가가, 은행원이, 페인트공이…… 철거단에 가입하고 있었다. 철거단원들은 낮에는 돌아다니지 않았다. 낮 동안에는 교양 있고 인격적이며 평온한 모습으로 일상에 잠복해 있었다. 잿가루 같은 어둠이 내리면 입과 턱을 흰 방독면으로 가리고 거북의 등딱지 같은 신발을 신고서 집결했다. 집결 장소는 지하 주차장이거나 폐쇄된 공장의 공터이거나 들쥐들로 들끓는 교각 밑이었다. 일정 규모의 철거단원 무리가 형성되면, 경종(警鐘)과도 같은 발소리들을 규칙적으로 울리며 거리로 나왔다. 익명의 집에 철거를 선고했다. 철거가 선고된 집에 파란 방음포를 둘러 소음과 분진을 차단했다. 현관문을 부수고 집 안으로 들이닥쳤다. 기민하게 전기와 수도와 가스 공급을 차단했다. 문짝들과 창문들과 변기와 세면대를 떼어냈다. 장판과 벽지를 뜯었다. 목 자재와 철 자재를 분리했다. 벽을 허물었다. 철 자재들을 무참히 분질렀다. 트럭이 달려와 집이 해체되며 발생한 폐기물들을 싣고 사라졌다. 철거단원들은 구호를 외치듯 멸실(滅失)을 외쳤다.

멸실! 멸실! 멸실!

철거단원들은 한 채의 집이 그 흔적조차 사라질 때까지 기계처럼 움직였다. 간혹 부주의한 철거단원이 무너지는 벽돌 더미에 깔려 척추가 부러지거나, 철 자재에 심장이 꿰뚫리는 사고가 발생했다. 부주의한 철거단원은 단원 자격을 상실했다.

그리고.

믿을 수 없게도, 자신의 집에 철거를 선고하는 철거단원들도 있었다. 분노에 찬 주동자처럼 철거단원들을 이끌고 자신의 집으로 쳐들어갔다. 온전한 집을 산산이 부수어버렸다.

그녀는 며칠 전 3백여 채가 넘는 집이 하룻밤 만에 동시다발적으로 사라졌다는 소문을 들었다. 그녀가 살고 있는 구역과 강 하나를 사이에 두고 있는 구역에서 발생한 일이었다. 중산층의 도덕적이고 모범적인 사람들이 모여 살고 있는 구역이었다. 그녀는 성당의 늙은 수녀로부터 소문을 전해 들었다. 수녀는 당뇨로 인해 멀어버린 눈을 희멀겋게 뜨고 소문을 전해주었다. 그녀는 소문을 믿었다. ……그러니까 그날 밤, 3백여 채의 집을 허물기 위해 대규모 철거단원 무리가 형성되었다. 무리는 또다시 여러 개의 무리로 나뉘어 철거가 선고된 구역으로 몰려갔다. 구역의 경계에 거대한 방음포를 둘렀다. 구역은 일시에 정전에 들었다. 암흑이 까마귀의 날개처럼 펼쳐져 구역을 덮었다. 철거단원들은 집들을 무차별적으로 허물기 시작했다. 소음과 분진과 비명이 아비규환처럼 넘쳐났다. 날이 희미하게 밝아올 무렵, 3백여 채의 집은 흔적조차 없이 사라져버렸다. 집을 잃은 사람들은 떼를 지어 강 쪽으로 몰려갔다. 아이들과 노인들, 한쪽 팔이 없거나 한쪽 다리가 없는 사람들도 있었다. 사람들은 떠밀리듯 강물 속으로 뛰어들었다. 또다시 밤이 찾아오자 수면 아래로 가라앉아 있던 사람들이 수면 위로 둥둥 떠올랐다. 강에 어선이 띄워졌다. 한때는 멸치를 잡던 어선이었다. 어선은 수십 개의 백열전구를 밝혔다. 멸치를 잡던 어부들이 그물을 던져 사람들을 건져 올렸다.

그러나.

그녀는 철거가 전쟁과 테러만큼이나 비현실적으로 느껴졌다. 전쟁은 너무도 먼 나라에서 일어나고 있었고 테러도 마찬가지였다. 그녀가 살고 있는 구역에서도 철거가 이루어지고 있었지만, 그녀의 집은 철거되지 않았다. 전날 밤에도, 그 전날 밤에도, 그리고 그 전전날 밤에도……

그리고 오늘 밤.

4

"우리는 당신의 집을 지켜내기 위해 우리의 목숨을 희생할 수도 있습니다."

손님들 중 누군가가 말했다.

"목숨이라면……"

그녀는 잠언을 읊조리듯 중얼거렸다.

"그러나 우리가 당신에게 바라는 것은, 아무것도 없습니다."

손님들 중 또 다른 누군가가 말했다.

그녀는 불현듯 공포를 느꼈다. 목숨을 내놓고도 바라는 것이 없다니…… 그것도 내 집을 위해서 목숨을 희생하고도……

손님들은 여전히 외투를 벗지 않고 있었다.

5

그녀는 며칠 전 집에 돌아오는 길에 철거단원들을 보았다. 저녁 미사에 다녀오는 길이었다. 수녀의 죽음이 있었다. 그녀는 철거로부터 살아남은 집들을 무심히 지나쳤다. 집들이 사라지고 남은 휑한 공간들도 무심히 지나쳤다. 철거단원들은 차갑고 둔중한 발소리들을 규칙적으로 울리며 그녀를 뒤쫓았다. 거북의 등딱지 같은 신발을 신고 있었기 때문에 철거단원들이 발걸음을 내딛을 때마다 콘크리트 벽에 쇠공을 박아넣는 소리가 들렸다. 그녀는 다급하게 골목으로 숨어들었다. 철거단원들은 골목까지 그녀를 뒤따라왔다. 철거단원들은 그녀와 일정한 거리를 유지했다. 그녀는 뒤를 돌아보지 못했지만 그 거리가 적어도 열 발자국은 될 거라고 짐작했다. 그녀와 철거단원들은 미로 같은 골목을 오래오래 헤맸다. 혈관에서 혈관이 뻗어나가듯, 골목에서 골목이 끝없이 뻗어나갔다. 골목은 점점 길고 좁아졌다. 그녀는 철사처럼 좁은 골목에 들어와 있었다. 철거단원들은 뱀처럼 길게 한 줄로 서서 골목을 통과했다. 골목을 간신히 빠져나가자 콘크리트 벽이 그녀를 막아 세웠다. 그녀는 콘크리트 벽을 향해 한 발짝 한 발짝 내딛다가 불현듯 뒤를 돌아보았다. 철거단원들이 익명의 집에 방음포를 두르고 있었다. 창마다 환하게 불을 밝힌 집이었다. 불이 꺼지고 집은 암흑에 젖어들었다. 사람들이 맨발로 집 밖으로 뛰쳐나왔다. 집이 지진에 휩싸인 듯 흔들렸다. 그녀는 집이 서서히, 그러나 한순간에 사라지는 것을 목격했다.

그녀는 골목을 빠져나와 집으로 향하며 아들들을 생각했다. 그녀에게는 두 아들이 있었다. 아들들도 철거단원이 되었을지 모른다. 밤마다 입과 턱을 방독면으로 가리고, 거북의 등딱지 같은 신발을 신고 무리를 지어 다니는지도…… 철거가 선고된 집으로 쳐들어가 문짝을 떼어내고 있는지도…… 어느 날 아들들은 철거단원들을 이끌고, 자신들이 태어나고 자라온 집으로 들이닥칠지도 모른다. 자신들이 태어나고 자란 집을 붕괴시켜버릴지도 모른다.

그녀는 아들들을 위해 기도했다.

6

 무수한 집들이 사라져가고 있었지만, 그녀는 한 번도 그녀의 집이 사라질지도 모른다는 생각을 해본 적이 없었다. 그녀의 집은 홍수에 잠긴 적도, 지진에 휩싸인 적도 없었다. 전기가 끊겼던 적도 없었고, 물 공급이 중단된 적도 없었다.

 "목이 마르군요."

 손님들 중 누군가 말했다. 그녀는 부엌에서 물병을 가져다 손님들에게 주었다. 손님들은 사이좋게 물을 나누어 마셨다. 물병 속 물이 바닥날 때까지 한 모금씩, 차례대로. 그녀는 빈 물병을 들고 부엌으로 몸을 움직여 갔다. 냄비에 물을 받고 달걀 세 알을 띄웠다. 냄비에서 달걀 삶아지는 소리가 침묵을 깨뜨렸다. 그녀는 식탁에 앉아 달걀 껍데기를 깠다. 달걀과 소금을 손님들에게 주었다. 손님들은 달걀에 소금을 잔뜩 묻혀 입으로 가져갔다. 달걀을 씹지 않고 삼켰다. 손님들의 식도에 달걀이 막혔다. 손님들은 주먹으로 가슴을 쳐대며 달걀을 토했다.

 "우리는 당신의 집에 먹을 것을 구걸하러 온 것이 아닙니다. 우리는 당신의 집을 철거로부터 지켜내기 위해 온 것입니다."

손님들이 합창을 하듯 말했다.

그녀는 한 번도 그녀의 집이 사라질지 모른다는 생각을 해본 적이 없었다. 집이 사라져버리기를 바랐던 적도 없었다. 그러나 집이 사라진다고 해도……

"오늘 밤 내 집에 철거단원들이 들이닥친다면 나는 받아들일 것입니다."

그녀는 높낮이가 없는 목소리로 손님들에게 말했다.

"당신은 무엇인가 잘못 이해하고 있군요."

손님들 중 누군가가 말했다.

"당신의 집은 결단코 철거되어서는 안 됩니다."

손님들 중 또 다른 누군가가 말했다.

"결단코."

손님들 중 또 다른 누군가가 말했다.

"그러나 나는 내 집에 철거가 선고된다고 해도……"

그녀는 고개를 저었다.

"당신의 집이 철거되어서는 안 되는 이유는 간단합니다. 그것은 우리가 당신의 집을 선택했기 때문입니다. 당신의 집을, 우리는 선택했습니다. 당신의 집을 말입니다."

손님들 중 또 다른 누군가가 말했다.

"선택이라고 했습니까?"

"그래요, 선택! 선택은 선택인 것입니다."

손님들이 합창을 하듯 말했다.

7

"나는…… 잠을 자야겠어요…… 나는……"

"당신이 잠들어 있는 동안에도 우리는 당신의 집을 지키고 있을 것입니다."

그녀는 손님들을 거실에 남겨둔 채 침실로 갔다. 침대 위로 올라가 천장을 바라보고 반듯하게 누웠다. 두 손을 가슴에 모아 쥐었다. 그녀는 예순두 살이었다. 며칠 전에 죽은 수녀와 같은 나이였다. 수녀는 그녀의 친자매이기도 했다. 수녀는 1년에 한 번씩 그녀의 집을 찾아와 성수를 곳곳에 뿌려주고 돌아갔다. 그녀의 남편이 죽고 그녀의 아들들이 떠난 뒤에도 수녀는 1년에 한 번은 소중한 성수를 물병에 담아서 그녀의 집을 찾아와주었다. 자매가 결핵 환자들을 돌보고 그들을 위해 기도하는 동안, 그녀는 '집'을 돌보고

'집'을 위해 기도했다. 잠은 오지 않았다. 그녀는 침대에서 내려와 손님들이 있는 거실로 나갔다. 손님들이 앉아 있는 소파 앞을 시계추처럼 일정한 보폭으로 걸어다녔다. 안락의자로 가서 앉았다. 그녀는 격렬하게 흔들리고 있었다. 그녀는 어느 순간 흔들림을 멈추고 '점검'하듯 집을 둘러보았다. 정결하고 검소한 집이었다.

그녀는 지난 35년을 '이' 집에서 살았다. 지금은 그녀만이 집에 남았다. 남편은 죽어서 집을 떠났다. 두 아들도 서른 살이 되기 전에 집을 떠났다. 집은 그녀에게 격리의 공간이기도 했지만, 그녀를 세상으로부터 완전하게 보호해주는 공간이기도 했다. 그녀는 지난 35년 동안을 매일같이 집을 위해 그녀의 육체와 정신과 시간을 소모해왔다. 남편과 두 아들이 함께 사는 동안에는 잠을 줄여가면서까지 육체와 정신과 시간을 소모해야만 했다. 집은 오래전에 그녀의 '모든 것'이 되었다. 남편과 두 아들이 집을 떠나기 전부터. 집을 잃는 것은 그녀의 '전부'를 잃는 것이나 다름없었다. 그러나…… 그녀는 안락의자에서 몸을 일으켰다. 조용히, 뒤꿈치를 들어 발소리를 죽이며 방마다 들어갔다 나왔다. 방마다 적어도 10분 이상을 조용히 머물렀다. 방은 모두 세 개였다.

8

집이 감쪽같이 사라지는 데 얼마의 시간이 필요할까. 지진의 중심에 있는 듯 집이 크게 한 번 흔들리고, 문짝과 창문들이 떼어내지고, 욕조와 세면대가 들어내지고, 벽들이 허물어지고, 철 자재들이 잘리고…… 35년, 35시간, 35분, 35초, 3초, 1초. 어쩌면 그보다 더 짧은 순간, 찰나.

찰나의 사라짐.

오늘 밤 집이 철거단원들의 기습으로부터 운 좋게 살아남는다고 해도, 그렇다고 해도, 집은 백 년조차 버틸 수 없을 것이다. 적어도 2, 30년 뒤에는 무참히 허물어질 것이다. 오늘 밤 무사히, 극적으로, 손님들의 목숨을 희생으로 살아남는다고 해도.

그녀는 침묵을 지키고 있을 수밖에 없었다. 그녀는 집에 있는 대부분의 순간에 침묵을 지키고 있었다. 남편과 아들들이 떠난 뒤, 집은 그녀에게 침묵을 가르쳐주었다.

"벽지를 바꾸어야겠어. 격자무늬가 좀더 촘촘한 것으로……"

그녀는 짜증스럽게 중얼거렸다. 불현듯 손님들에 대한

경계심으로 어깨를 가늘게 떨었다. 분노 같은 것이 치밀어 올랐다. 손님들은 무수한 양옥집들 속에서 그녀의 집을 발견하고, 선택했다. 선택은 우연이었다. 손님들은 현관문을 통해, 정식으로, 그녀의 집 안으로 들어왔다. 침입은 아니었다. 침입은 아니었지만, 손님들은 예고나 경고도 없이 들이닥쳤다. 그 점에서는 철거단원들과 다를 것이 없었다. 그녀의 아들들…… 아들들조차도 예고 없이 집에 들이닥치지 않았다. 그녀가 새벽마다 신의 은총과 평안을 위해 기도하고 있는 아들들조차도.

그리고 손님들은 지금 그녀의 집 거실에 머물고 있었다.

왜 하필……

그녀는 서서히 끓어오르는 분노를 가라앉히기 위해 붉은 차를 끓여 마셨다. 그녀는 손님들에게 붉은 차를 나누어주거나 하지는 않았다.

손님들이 찾아오지 않았다면, 집이 한순간 사라져버릴 수 있다는 생각조차 하지 않았을 것이다. 내 집이 사라질 수 있다니…… 내가 죽기 전에 내 남편과 두 아들이 살았던 집이……

그녀는 당장이라도 손님들을 집 밖으로 내쫓을 수 있었다. 그 일이 여전히 쉽고 간단하게 보였지만, 그녀는 굳이 손님들을 내쫓지 않았다.

9

 손님들은 '집단'이었지만 '개별'로 보이기도 했다. 손님들이 서로 눈빛을 교환하며 암묵의 의견을 나눌 때 특히 그랬다. 그녀는 손님들이 서로를 지극히 낯설어하고 있다는 것을 눈치 챘다. 손님들은 서로를 견제하고 탐색하고 있는 듯 보이기도 했다. 그녀는 손님들이 그녀의 집을 찾아오기 바로 몇 시간 전에 접촉했으며, 바로 몇 시간 전에 외투를 나누어 입은 것이 분명하다고 확신했다. 날이 밝아 그녀의 집 밖으로 나가는 순간 손님들은 뿔뿔이 흩어질 것이다. 서로를 완벽하게 잊어버릴 것이다. 길거리에서 마주친다고 해도 서로를 알아보지 못하고 차갑게 지나칠 것이다.

 손님들과 그녀.
 소통 따위는 필요하지 않았다. 손님들은 그녀와 소통하기 위해 그녀의 집을 찾아온 것이 아니었다.

그리고.

손님들은 여전히 손님들일 뿐이었다.

그녀의 집을 철거로부터 지켜내기 위해 찾아왔다고 해도. 다만, 손님일 뿐.

손님들은 철거단원들이 그녀의 집에 들이닥치기를 기다리고 있는 듯 보이기도 했다.

10

발소리들…… 발소리들이 들려왔다. 안개의 이동처럼 희미했지만 그것은 '무리'를 형성해 이동하고 있는 발소리들이 분명했다. 발소리들은 점점 선명해지고 있었으며, 점점 가까워지고 있었다. 발소리들은 일사불란했다. 철거단원들의 발소리들이었다. 입과 턱을 흰 방독면으로 가리고, 거북의 등딱지 같은 신발을 신은 철거단원들.

철거단원들이 '그녀의 집'으로 몰려오고 있었다.

격자무늬 위의 괘종시계가 둔중한 소리를 울리며 자정을 알렸다. 손님들이 동시에 벼락을 맞은 듯 몸을 일으켰다. 원칙과 질서로 짜인 격자무늬들이 혼돈 속으로 빠져들었다. 그녀는 커다랗게 확대된 눈동자를 굴리며 손님들을 바라보았다.

발소리들은 그녀의 집을 미세하게 흔들어놓을 만큼 가까워져 있었다. 그녀의 집을 무차별적으로 뒤덮어버릴 듯, 극에 달하던 발소리들이 한순간 침묵 속으로 잦아들었다.

침묵.

손님들은 결의에 찬 날카로운 눈빛들을 교환했다. 현관문 쪽으로 너무 느리지도, 너무 빠르지도 않게 움직여 갔다. 손님들은 현관문과 한 발자국 떨어진 거리에 멈춰 섰다. 손님들은 바닥에 나란히 누웠다. 손님들은 외투를 벗지는 않았다. 현관문을 향해 다리들을 벌렸다. 서로의 손을 움켜쥐었다. 철거단원들이 그녀의 집 안으로 들어오려면 손님들의 무릎과 가랭이와 갈비뼈 하나하나와 심장과 턱과 광대뼈와 이마를 무참히 짓밟아야 한다……!

침묵.

발소리들이 또다시 들려왔다. 그녀는 발소리들이 현관문을 부수고 집 안으로 쳐들어오기를, 손님들의 심장을 짓밟

아버리기를 바랐지만, 뜻밖에도 멀어지고 있었다. 기적처럼, 그녀의 집으로부터 멀어지고 있었다.

손님들은 여전히 바닥에 몸을 누인 채 탄성들을 내질렀다. 발소리들이 완전히 멀어진 뒤에야 손님들이 서로의 손을 슬그머니 놓았다. 천천히 몸을 일으켰다.

"그들이 갔어요! 그들이……!"

손님들이 자긍심에 찬 목소리로 합창을 하듯 말했다.

"당신의 집은 오늘 밤 안전할 것입니다. 그들이 다시 오지 않는다면 말입니다."

손님들 중 누군가가 말했다.

"그들이 다시 온다면 당신의 집은……"

손님들 중 또 다른 누군가가 말했다.

"그러나 그들이 다시 온다고 해도 우리는 당신의 집을 지켜낼 것입니다."

손님들 중 또 다른 누군가가 말했다.

"우리들의 목숨이 사라지기 전에 이 집은 사라지지 않을 것입니다. 그러나 우리들의 목숨이 사라진 뒤에는 이 집도 어쩌면……"

손님들은 동시에 합창을 하듯 말했다. 손님들은 서로를 바라보며 고개를 끄덕였다. 손님들은 소파로 움직여 갔다.

소파에 나란히 어깨를 붙이고 앉았다.

11

 그녀는 소파 쪽으로 몸을 움직여 갔다. 손님은 세 명이었지만 여섯 명으로 보이기도 했고 아홉 명으로 보이기도 했다. 단 한 명으로 보이기도 했다. 세 명으로 보일 때도 있었다. 손님들은 세 명이 분명했다.
 그리고 어쩌면.
 소파는 4인용이었다. 한 사람이 앉을 만큼의 자리가 남아 있었다. 손님들은 세 명이 분명했다. 그녀는 손님들과 어깨를 나란히 하고 소파에 앉았다. 그녀는 자신도 손님들 중 한 명일지 모르며, 철거로부터 이 집을 지켜내기 위해 '목숨'을 버릴 수도 있다는 각서를 비밀리에 작성했을지도 모른다는 생각이 들었다. ……징롱에서 두터운 외투를 꺼내 입어야 하지 않을까, 손님들처럼.

12

"날이 밝아오는군요."

손님들 중 누군가 말했다.

그녀는 거실 창 쪽으로 몸을 움직여 갔다. 안개꽃 같은 새벽빛이 거실 창으로 쏟아져 들어왔다. 그녀는, 그녀의 집 거실 창을 전면으로 가로막고 서 있던, 건넛집의 담벼락과 지붕이 새벽빛에 지워져 있는 것을 발견했다. 철거…… 그녀는 새벽빛 속에서 마른 입술을 벌려 중얼거렸다.

"당신의 집은 온전하게 살아남았습니다."

손님들 중 또 다른 누군가가 말했다.

"그러나 또다시 밤이 찾아올 것이고 철거단원들이 또다시 당신의 집을 주목할지 모릅니다."

손님들 중 또 다른 누군가가 말했다.

13

날이 환하게 밝아왔지만 손님들은 돌아가지 않았다. 손님들은 목각 인형처럼 목을 꺾으며 꾸벅꾸벅 졸기 시작했다. 지난 밤새 손님들은 한숨도 자지 않았다. 손님들은 외투를 벗지 않았다. 손님들이 눈동자들을 흐리게 뜨고 어깨들을 흐느적거리며 그녀를 바라보았다. 손님들은 지난밤과는 다르게 무기력하고 나태하며 무방비하게 보였다. 입들은 고장 난 문짝처럼 벙긋 벌어져 있었다. 흉물스럽게 드러난 이빨 사이로 누런 침이 흘러내렸다.

그녀는 지난밤과는 전혀 다른 손님들의 모습에 공포를 느꼈다. 거의 20년 만에 맛보는 공포였다.

"침대로 가서 누우세요."

그녀는 공포를 간신히 참으며 손님들에게 말했다.

"당신들에게 내 침대를 내어주겠어요. 늙은 여자의 침대지만 당신들이 몸을 누이기에 충분히 넓고 아늑한 침대랍니다."

"우리는 당신에게 바라는 것이 아무것도……"

손님들이 동시에 침을 훔치며 느리게 말했다.

"알고 있어요. 당신들이 목숨까지 내놓고 내 집을 철거로부터 지켜내려 하지만, 내게 바라는 것이 아무것도 없다는 것을!"

손님들은 소파에서 몸을 일으켰다. 손님들은 가난과 질병에 찌든 순례자 행렬처럼 차례를 지어 침실로 걸어갔다.

차례로 침대 위로 올라가 누웠다. 손님들은 외투를 벗지 않았다. 그녀는 장롱에서 이불을 꺼내어 손님들의 몸을 덮어주었다. 오랫동안 장롱에 넣어져 있던 이불에서는 나프탈렌 냄새가 났다. 그녀는 침대 머리맡에 안락의자를 가져다 놓고 앉았다. 손님들을 물끄러미 내려다보다가 검은 책을 집어들었다. 그녀는 검은 책을 무릎에 펼쳐놓고 경건하게 읽어 내려갔다.

14

그녀는 여전히, 손님들을 집에서 내쫓는 것이 새장 속의 죽은 새를 버리는 것만큼이나 간단한 일처럼 보였다.

그토록 간단한 일처럼 보였기 때문에, 그녀는 굳이 손님들을 내쫓지 않기로 했다.

15

철거단원들은 그녀의 집 현관문을 부숴버릴 수도 있었다.

현관문 밑에 드러누워 있는 손님들의 발목과 무릎과 가랑이와 갈비뼈와 심장과 목과 광대뼈와 이마를 밟고 집 안 깊숙이 쳐들어올 수도 있었다. 손님들의 발목과 무릎과 갈비뼈와 광대뼈와 이마가 으스러지고 심장이 터졌을 것이다. 철거단원의 단단한, 익명의 발이 손님들 중 누군가의 가랑이에 치명적으로 박혔을 수도 있었다. 손님들의 목숨은 그녀의 집을 위해 기꺼이 희생되었을 것이다. 손님들은 세 명이었지만 여섯 명으로 보이기도 했고 아홉 명으로 보이기도 했다. 손님들은 단 한 명으로 보이기도 했다.

'그리고 결국에 이 집도…… 나만 살아남는다, 나만……'

그녀는 그녀의 집이 감쪽같이 사라져버린 뒤, 사라진 터 위에서 철거단원들이 멸실을 외쳐대는 환영을 보았다. 철거단원들은 발을 도끼처럼 구르며 멸실, 멸실, 멸실을 외쳤다.

그녀는 검은 책을 덮었다. 안락의자에서 몸을 일으켰다. 손님들의 이마를 한 번씩 짚어주었다. 이마들은 불덩이처럼 뜨거웠다. 이 집이 어둠에 잠길 무렵에야 깨어나겠지……

그녀는 조용히 침실에서 나와 현관문 쪽으로 몸을 움직여 갔다. 현관문 잠금 고리가 열려 있는 것을 발견했다. 손님들을 집 안으로 들인 뒤 잠금 고리를 확인하지 않은 것이다. 그녀는 손님들의 신발이 보이지 않는다는 것을 깨달았다. 그녀의 굽 낮은 외출용 신발만 현관문을 향해 가지런히 놓여 있었다. 그녀는 조용히 현관문을 열었다. 찬란한 빛이 그녀에게, 그녀의 집에 축복처럼 내리쬐고 있었다.

'어쨌든······'

그녀는 현관문을 닫았다.

'축복을 받은 집이야.'

그녀는 가차없이 집을 등지고 걸었다.

16

지난밤, 그녀의 집은 철거되지 않았다. 손님들이 목숨을 내걸고 그녀의 집을 지켜주지 않았다고 해도 그녀의 집은 철거되지 않았을 것이다. 그녀는 침대에 누워 잠들어 있을 손님들을 생각했다. 그녀는 사라진 집들과 사라지지 않은 집들을 지나 강 쪽으로 걸어갔다. 강이 가까워질수록 안개가 짙어졌다. 그녀는 안개 속으로 다급하게 사라지는 철거단원들의 발소리를 들었다.

차가운 물이 발목에 휘감기는 것이 느껴졌다. 그녀는 그 어떤 것도 상관없다고 생각했다. 그 어떤 것도.

그녀의 집은 다만, 손님들의 것이 되었다.

박의 책상

1

그것은 1980년대식 철제 책상이었다.

그는 평일 오전 아홉 시부터 오후 여섯 시까지는 어김없이 철제 책상에 머물렀다. 사무실에서 철제 책상이 마땅히 확보하고 있는 공간을 생각하며 철제 책상에 머무르는 것은, 이를테면, 축복과도 같은 일이기도 했다. 그는 언젠가 줄자로 철제 책상의 가로와 세로 길이를 잰 적이 있었다. 80×55cm. 그는 가로 80, 세로 55센티미터가 만들어내는 공간보다 더 적절한 공간은 없을 것이라고 확신해버렸다. 적어도 그 자신에게만은.

실제로, 철제 책상에 머무는 동안 그는 많은 업무를 수행해냈다. 그에게는 날마다 공식적인 업무가 주어졌고 업무는 하나같이 철제 책상에서 수행해내기에 안성맞춤인 것들이었다. 그는 결코 업무를 위해 철제 책상을 잠시라도 떠날 필요가 없었다. 외부와의 불가피한 접촉은 철제 책상에 놓인 전화기를 통해 이루어졌다. 그리고 업무는 주마다, 월마다, 년마다 똑같거나 비슷비슷하게 반복되었다.

그는 철제 책상이 자신에게 주어지던 날을 똑똑히 기억하고 있었다. 12년 전, 철제 책상은 별 의미 없이 그에게 주어졌다. 철제 책상은 그의 책상이 되기 전에도, 그리고 그의 책상이 되고 난 뒤에도 '건물'에서 넘쳐나는 수많은 책상들 중 하나에 불과했다. 건물에는 수십 개의 '사무실'이 있었고 사무실마다에는 여러 개의 책상들이 들어앉아 있었다.

12년 전 어느 월요일, 그는 지금의 '사무실'로 발령을 받았다. 사무실에서 비어 있는 책상이라고는 지금의 철제 책상뿐이었다. 그는 망설임 없이 철제 책상으로 저벅저벅 걸어갔다. 5초간 철제 책상을 물끄러미 내려다보았다. 그는 한 발짝 더 철제 책상에 다가섰고 신중하게 몸을 앉혔다. 철제 책상에 달린 서랍들을 차례로 열었다가 닫았다.

몇 번인가, 그가 원하기만 한다면, 철제 책상보다 세련되고 실용적이며 널따란 책상을 소유할 기회가 있었다. 그러나 그는 그때마다 별 이유 없이 철제 책상을 고집했다. 굳이 이유를 들자면, 철제 책상의 서랍들마다에 담겨 있는 물건들을 옮기는 것이 번거로워서이기도 했다. 서랍들은 경전처럼 묵직한 장부들로 채워져 있었고 장부들은 깨알 같은 글씨들로 빼곡하게 들어차 있었다. 그가 검정 수성 사인펜을 신중하게 굴려가며 적어넣은 글씨들이었다.

 모서리마다 불그스름한 녹이 슬고 서랍을 여닫을 때마다 삐걱삐걱 쇳소리가 나기는 했지만, 그는 철제 책상에 만족했다. 철제 책상은 견고한 편이었다. 모서리마다에 슨 녹은 그의 업무를 눈곱만치도 방해하지 않았다. 그는 언제나 철제 책상을 질서 정연하게 정돈했다. 그는 업무와는 무관한 쓸데없는 물건들을 철제 책상 위에 늘어놓는 것을 좋아하지 않았다. 컴퓨터 모니터와 쑥색 전화기, 오동나무 연필통, 옥편, 2개의 서류철, 선사 계산기. 그것이 ㄱ의 철제 책상에 놓인 물건의 전부였다.

 그는 몇 년 뒤면 철제 책상을 떠날 것이고, 자신이 철제 책상을 떠나는 순간, 철제 책상이 사무실 밖으로 내놓아져 폐기 처분될 것임을 알고 있었다. 그리고 그때는 철제 책상이 다만 한 덩이의 고철 덩어리에 불과할 것임을 알고 있었다.

그리고 그것은, 그와는 무관한 일이었다. 12년 전 어느 월요일 철제 책상이 그의 것이 되기 전까지 그와는 전혀 무관한 물건이었듯.

그러나 아직은.

그날은 여느 월요일과 다를 것이 없는 월요일이었다. 그의 왼쪽 손목에 채워진 스위스산 시계가 8시 55분을 지날 때, 그는 사무실 문을 열고 들어섰다. 그는 문턱을 넘어 사무실 안으로 뚜벅뚜벅 걸어 들어갔다. 문턱에서 철제 책상까지는 다섯 발짝이면 충분했다. 그는 세번째 발짝을 내딛다 말고 우뚝 멈춰 섰다. 철제 책상에서 명패가 치워지고 없었다. 12년 동안 철제 책상의 좌측 상단에 놓아두었던 명패에는 '박영기 계장'이라는 글자가 명조체로 새겨져 있었다. 그는 그것이 무엇을 의미하는지 알았다. 통보 따위는 없었다. 그는 동요하지 않았다.

철제 책상만 아니라면. 명패 따위는 아무것도 아니었다.

그는 철제 책상을 향해 마저 두 발짝을 더 내딛었고 어김없이 철제 책상에 다다라 있었다. 그는 마치 12년 전 어느 월요일처럼 5초간 철제 책상을 물끄러미 내려다보았다. 명패가 놓여 있던 경계를 따라 먼지가 띠처럼 둘러져 있었다. 그는 외투를 입은 채 철제 책상에 몸을 앉혔다. 철제 책상으로 바짝 몸을 끌어당겼다. 그가 등지고 있는 창문으로 햇빛이 비쳐들었다. 철제 책상으로 그의 그림자가 번졌다.

그는 어깨를 움츠리며 허공을 물끄러미 응시했다. 전화벨 소리와 컴퓨터 자판을 두드리는 소리, 서류철 따위를 넘기는 소리들이 그의 주변을 부산하게 떠돌았다.

사무실에는 그의 철제 책상 말고도 다섯 개의 책상이 더 있었다. 다섯 개의 책상들은 그의 철제 책상과 적절한 거리를, 그리고 그보다 적절한 방향을, 그리고 그보다 적절한 각도를 유지하며 각자의 고유한 영역에 놓여 있었다.

2

사무실 문이 열리고, 그들이 성큼성큼 걸어 들어온 것은 점심시간이 다 되어서였다. 그는 고개를 들고, 무심히 문쪽을 바라보았다. 그들은 사설 업체의 경비원처럼 청색 점퍼류를 걸치고 있었다. 그는 그들을 알고 있었다. 그들은 관리부 직원들이었다. 형광등을 갈아 끼우고, 전기선을 따고, 망가진 계단 난간을 고치고, 폐기 처분될 책상 따위를 치우는 일들을 그들은 공식적으로 수행했다. 그들은 대개 연장 가방이나 사다리, 형광등 따위를 들고 사무실과 복도와 계단을 분주하게 돌아다녔다. 그들은 언젠가 그의 철제 책상과 수직인 지점에 매달려 있는 형광등을 교체해주기도 했다. 기껏해야 형광등 한 개를 갈아 끼우는 것이었지만 그들은 그의 철제 책상을 밟고 올라서야만 했다. 그들은 부주의하게도, 그러나 어떠한 의도도 없이 신발을 신은 채 그의 철제 책상을 밟고 올라섰다. 철제 책상에 희미하게 남은 신발 자국을 들여다보며 그는, 그들 중 한 명을 채용할 때 직접 면접을 담당하기도 했었다는 사실을 깨달아야만 했다.

그는, 그들의 손에 아무것도 들려 있지 않다는 것을 깨달았다.

그들이 일정한 보폭으로 움직여 그의 철제 책상으로 다가왔다. 철제 책상과 반 발짝 떨어진 지점에서 멈춰 섰다. 그들은 나무젓가락이 분리되듯, 서로로부터 멀어졌다. 철제 책상을 가운데 두고 서로 마주 보고 섰다.

그렇다고 해서 그는 철제 책상에서 몸을 일으키거나 하

지는 않았다.

　김이 그의 철제 책상으로 움직여 왔다.
　"불가피하게도,"
　김이 미간을 찌푸렸다.
　"자네의 책상을 다른 곳으로 치워야만 할 것 같네."
　김은 그의 철제 책상을 물끄러미 바라보며 말했다.
　"결정이 나와는 무관하다는 것쯤은 자네도 이해하고 있겠지."
　김은 여전히 그의 철제 책상을 물끄러미 바라보며 말했다.
　"부장님, 제 책상은 안 됩니다."
　그의 긴 편인 쭈글쭈글한 얼굴에 경련이 일었다. 책상에 고개를 처박은 채 서류를 작성하거나 컴퓨터 자판을 두드리던 사무원들의 시선이 동시에 그를 향했다.
　"나는 자네를 이해할 수 없네."
　김이 여전히 그의 철제 책상을 물끄러미 바라보며 말했다.
　"제 책상은 지난 12년 동안 이곳에 놓여 있었습니다. 바로 이곳에 말입니다."
　그의 말은 사실이었다. 그의 철제 책상은 지난 12년 동안 사무실에, 창을 등지고 놓여 있었다. 12년은 결코 짧은 시간이 아니었다. 그 12년 동안 그는 지나치게 많은 것들을 상실했다.

"자네는 쓸데없는 짓을 하고 있어."

김의 표정이 납처럼 굳었다.

"내게 그다지 많지 않은 결정권이 주어진다는 것쯤은 자네도 인정하고 있겠지."

김은 그리고 서둘러 사무실 문밖으로 사라졌다. 사무원들이 동시에, 우르르 튕겨나가기라도 할 듯 책상에서 몸을 일으켰다. 기지개를 켜거나 하품을 내뱉으며 사무실 문밖으로 우르르 사라졌다. 가장 젊은 사무원이 마지막으로 나간 뒤 사무실 문이 닫히는 것을, 그는 금강석보다도 견고한 침묵 속에서 묵묵히 지켜보았다. 언제부턴가 사무원들은 동시에, 우르르 사무실 밖으로 나갔다 동시에, 우르르 사무실로 돌아왔다. 동시에, 우르르 각자의 책상에 몸을 앉히고 동시에, 손가락의 관절들을 분지르며 동시에, 자판을 두드리고 동시에, 오른쪽이나 왼쪽으로 턱을 괴고는 동시에, 박제품처럼 경직되다가 동시에, 눈동자의 초점을 흐리며 동시에, 전화기를 집어들었다. 동시에, 화석처럼 무료한 표정으로 굳어갔으며 동시에, 어깨와 허리가 굽어갔다.

사무실에는 그와 관리부 직원들밖에 남지 않았다.

관리부 직원들은 그를 향해 자신들도 어쩔 수 없다는 몸짓을 해 보였다. 몸짓은 지나치게 짧고 미묘했으며 어딘가 어색한 데가 있었다. 그는 그들을 충분히 이해했다. 그들이 사무실에서 그의 철제 책상을 들어내는 것은 이를테면, 형광등을 갈아 끼우는 것과 조금도 다를 것이 없는 일이었다. 부서진 계단 난간을 수리하고, 고장 난 문짝의 손잡이를 교체하는 것과도.

 그러나 그들이 그에게, 그리고 그의 철제 책상과 관련해 부당한 짓을 저지르고 있다고는 말할 수 없었다.

 그들이 서로를 마주 바라보며 고개를 한 번 끄덕여 보였다. 동시에, 철제 책상으로 손을 뻗었다. 동시에, 철제 책상의 옆면을 움켜잡았다.

 그는 마침내 철제 책상에서 몸을 일으켰다. 철제 책상으로부터 한 발자국 뒤로 물러섰다. 그는 한 발자국 더 물러서려다가 말고 마비된 듯 멈춰 섰다. 한 발자국이면 충분할 것이라고 그는 생각했다. 한 발자국이면. 그는 어떤 의도가 담긴 몸짓이기라도 한 듯 외투 주머니 깊숙이 두 손을 찔러 넣었다. 그러나 그들은 그에게 시선을 던지거나 하지는 않앉다.

그들이 동시에, 철제 책상을 들어올렸다. 철제 책상은 무리 없이 들렸다. 그들은 빈 종이 상자를 맞들듯 가볍게 철제 책상을 들어올렸던 것이다. 허공으로 들리는 순간 철제 책상에 달린 서랍들 속에서 짧은 소란이 있었지만, 심각할 만큼은 아니었다. 그는 서랍 속에 유리 따위의 깨지는 물건을 넣어두거나 하지는 않았다.

그들은 철제 책상을 바닥으로부터 두 뼘 높이까지 들어올렸다. 그가 보기에, 그들은 아무래도 철제 책상과 바닥과의 간극에 암묵적으로 동의하고 있는 것 같았다.

그들은 철제 책상을 들고 탕비실 문 쪽으로 움직여 갔다. 탕비실 문은 그의 철제 책상과 직선을 이루는 지점에 놓여 있었다. 그들은 철제 책상의 방향을 틀거나 하지 않았다. 그들은 게처럼 옆걸음을 하며 곧장 탕비실 문 쪽으로 나아갔다. 청바지에 휩싸인 그들의 두 다리는 게의 뻣뻣한 다리들처럼 보이기도 했다. 그들이 발짝을 내딛을 때마다 무릎 관절들이 분질러질 듯 구부러졌다. 그가 보기에 그들의 움직임에는 어딘가 일사불란한 데가 있었다. 그는 자석에 이끌리는 쇠붙이처럼 한 발자국의 거리를 두고 철제 책상을 뒤따라 움직여 갔다.

"너무 서두르지는 말게."

철제 책상이 탕비실 문에 거의 다다랐을 때 그가 그들에게 말했다. 그들은 그러나 그의 목소리를 듣지 못했다. 탕비실 문과 철제 책상의 한쪽 면이 맞닿았다. 그들은 서로를 향해 한 번 고개를 끄덕여 보였다. 철제 책상을 탱크처럼 밀어붙여 탕비실 문을 밀었다. 탕비실 문이 단번에 열렸다. 그들은 탕비실 안쪽으로 진입해 들어갔다. 그들은 고장 난 에어컨 속을 들여다보듯 탕비실을 둘러보았다. 철제 책상을 한쪽에 내려놓았다. 냉온수기 바로 옆에. 그들은 서로를 바라보며 고개를 한 번 끄덕여 보였다. 서둘러 탕비실을 나갔다. 탕비실 문이 거칠게 닫혔다. 그는 그것이 결코 의도된 행동이 아니라는 것을 알았다. 탕비실 문은 열리거나 닫힐 때 지나치게 거친 소리를 냈다.

3

그는 검은자위를 굴려 탕비실을 둘러보았다. 전자레인

지, 냉장고, 싱크대, 냉온수기, 쓰레기통. 싱크대에 가오리처럼 널려 있는 행주에 그는 5초간 시선을 두었다. 행주에서 기인하는 것이 틀림없는 큼큼한 곰팡이균 냄새가 공기 중에 번져 있었다. 사무실 전용 탕비실이었지만, 그는 그 공간이 낯설기만 했다. 그는 근무 시간 동안 단 한 차례도 탕비실에 들지 않았다. 그는 탕비실 출입을 스스로 금기시했고, 물이 마시고 싶을 때는 로비의 냉온수기를 이용했다.

그는 한 번도 철제 책상이 탕비실에 놓일 수도 있다는 생각을 해본 적이 없었다.

그러나 지금 그는, 탕비실이 그다지 부적절한 장소가 아닐지도 모른다는 생각이 들었다. 이를테면, 철제 책상이 놓여 있을 만한 장소로. 어쨌거나 그의 철제 책상은 폐기 처분되지 않은 것이다.

그는 철제 책상에 몸을 앉혔다. 그가 철제 책상 쪽으로 몸을 바짝 끌어당기는 것과 거의 동시에, 탕비실 문이 거칠게 열렸다. 뜻밖에도 조금 전의 관리부 직원들이 침입하듯 들어섰다.

"계장님, 컴퓨터와 전화기를 가져가야 할 것 같습니다."

그들 중 한 명이 말했다. 관리부 직원이 계장님이라고 발음할 때 지나치게 그를 의식했다는 것을, 그는 눈치 채고야

말았다.

"내 직책은 계장이 아니네. 그리고 컴퓨터와 전화기라면 상관없네. 컴퓨터와 전화기라면."

그에게 컴퓨터와 전화기는 선사 시대의 유물이나 다름없는 물건들이었다. 그리고 철제 책상만 아니라면 그는 무엇이든 상관없었다.

그들은 간과 심장을 들어내기라도 하듯 컴퓨터 모니터와 전화기를 집어들었다. 그들은 서둘러 탕비실을 나갔다.

탕비실 문은 폐쇄되기라도 한 듯 한참 동안 열리지 않았다. 형광등 돌아가는 소리, 냉장고 돌아가는 소리, 보일러 기계 돌아가는 소리가 집요하게 그의 주변을 떠돌았다. 탕비실 허공을 떠도는 그 모든 소리들이 그에게는, 전화벨 소리나 컴퓨터 자판을 두드리는 소리와 별다를 것이 없었다.

불현듯, 컴퓨터 모니터가 치워진 자리에 둥그스름한 녹 자국이 흉터처럼 달라붙어 있는 것이 그의 눈에 들어왔다. 녹 자국은 호두알만 했다. 그는 포복을 하듯 철제 책상으로 납작 엎드렸다. 오른쪽 중지를 녹 자국으로 가져갔다. 지장을 찍듯 녹을 꾹 눌렀다.

그는 녹이 자신의 살과 뼈들과 혈관들로 번져나가기를 바랐다. 혈관들을 타고 심장까지 흘러들어 심장에 녹의 기운을 퍼뜨리기를…… 심장이 녹 덩어리처럼 굳어버리기를…… 그는 철제 책상에 달라붙은 거대한 녹 덩어리가 되고 싶었다. 녹이 녹을 먹는 것처럼 철제 책상을 녹으로 뒤덮고 싶었다.

탕비실 문이 열리고 누군가 안으로 걸어 들어왔다. 여자의 것인 듯 가벼운 발소리였다. 그는 철제 책상에서 고개를 들거나 하지 않았다. 그의 두 눈동자는 녹 자국을 뚫어져라 바라보고 있었다. 누군가는 냉온수기에서 물을 내려받은 뒤 서둘러 탕비실을 나갔다. 탕비실 문이 거칠게 닫혔지만, 그는 그것이 결코 의도된 행동이 아니라는 것쯤은 알고 있었다.

여섯 시 정각에 그는 철제 책상에서 몸을 일으켰다. 마치 12년 전 어느 월요일처럼 철제 책상을 5초간 물끄러미 내려다보았다. 그는 철제 책상에서 돌아섰다. 그는 기다랗고 좁은 하수관을 빠져나오기라도 한 듯한 표정으로 탕비실을 나왔다. 사무원들의 시선이 동시에 그에게 꽂혔다. 시선들은 서둘러 거두어졌다. 그는 검은자위를 굴리다가 사무실의 전체적인 구조가 달라져 있다는 것을 본능적으로 눈치챘다.

즉.

책상들 간의 거리와 방향과 각도의 균형이 무참히 깨져 있었다. 책상들 간의 거리는 조금씩 더 멀어져 있었으며 방향은 조금씩 더 틀어져 있었다. 각도마저도 조금씩 더 벌어져 있었다. 그는 책상들 간의 거리와 방향과 각도가 어딘가 좀더 적절해 보인다는 인상을 지울 수 없었다. 그의 철제 책상이 인사부에 놓여 있을 때보다도 조금. 더.

그는 그날 오전까지만 해도 철제 책상이 놓여 있던 지점에 5초간 시선을 던진 뒤 인사부를 나왔다.

건물을 빠져나와 버스 정류장으로 걸어가던 그는 문득 걸음을 멈췄다. 고개를 쳐들고, 자신이 막 걸어나온 건물을 물끄러미 올려다보았다. 6층 직사각형 건물에는 닭장을 차곡차곡 쌓아놓은 것처럼 수십 개의 사무실이 층층마다 들어앉아 있었다. 그는 머릿속에서 사무실들을 한 개 한 개 떼어냈다. 퍼즐을 맞추듯, 사무실들을 평면으로 늘어놓았다. 사각의 거대한 공간이 그의 머릿속에 펼쳐졌다. 그는 그 공간의 중심에 소실점을 찍듯 자신의 철제 책상을 내려놓았다. 그는 철제 책상을 향해 뚜벅뚜벅 걸어갔다. 그가 한 발짝씩 내딛을 때마다 철체 책상이 한 발짝씩 멀어졌다.

철제 책상이 탕비실로 옮겨졌다고 해서 그의 일상이 달라지거나 하지는 않았다. 그는 평일에, 출근 시간인 오전 아홉 시 정각에 출근을 했고 퇴근 시간인 오후 여섯 시 정각에 퇴근을 했다. 그는 사무실 문을 열고 들어서자마자 곧장 탕비실 문을 향해 걸어갔다. 사무실 문에서 탕비실 문까지는 다섯 발짝이면 충분했다. 간혹은 네 발짝만으로 충분하기도 했다.

달라진 것이 있다면, 그에게 사무실에서 이루어지는 어떠한 업무도 허락되지 않는다는 사실이었다. 업무가 주어지지 않는데도 그는 여전히 사무실 소속 사무원이었고, 그의 통장으로는 다달이 급여가 입금되었다. 업무는 사실상 1년 전부터 급격히 줄어들고 있었다. 석 달 전부터는 아예 단 한 건의 업무도 주어지지 않는 날이 계속되고 있었다.

그는 문득, 철제 책상에서 턱을 45도 각도로 든 채로, 근무 시간에 철제 책상을 지키고 앉아 있는 것이 자신에게 주어진 유일한 업무일지도 모른다는 생각이 들었다. 그는 철

제 책상을 지키고 앉아 연필을 깎거나 신문을 읽거나 녹 자
국을 물끄러미 들여다보며 근무 시간을 보냈다. 그는 신문
에 인쇄된 글자들을 한 글자도 놓치지 않고 읽었다. 부고란
의 까맣게 인쇄된 이름들까지도 그는 빼놓지 않고 읽어 내
려갔다. 어찌되었든, 그의 철제 책상은 사무실 탕비실 한구
석을 분명하게 차지하고 있었던 것이다.

열두 시 정각에 그는 철제 책상에 도시락을 펼쳐놓았다.
도시락 반찬은 오징어 젓갈과 뱅어포와 검은 콩자반이 전부
였다. 그는 밥을 한 숟가락 떠 입으로 가져갔다. 그는 오로
지 어금니만을 부딪쳐 밥알들을 씹었다. 밥알들이 무참하
게 으깨지는 동안 그의 검은자위는 한 지점에 박힌 듯 고정
되어 있었으며 어깨는 돌덩어리처럼 단단히 굳어 미동조차
하지 않았다.

철제 책상이 탕비실로 옮겨진 지 6일째 되던 날. 그는 철
제 책상이 놓여 있던 자리에 원탁이 놓여 있는 걸 발견했
다. 똑같은 모양을 한 다섯 개의 의자가 원탁을 중심으로
놓여 있었다. 그는 곧장 탕비실 문을 향해 나아갔다. 네번
째 발짝을 내딛다 말고 그는 방향을 틀었다. 그는 원탁 쪽
으로 걸어갔다. 그는 원탁을 가운데 두고 발짝을 느리게 떼
며 한 바퀴를 돌았다. 원탁은 틀림없이 철제 책상이 차지하

고 있던 공간보다 조금 더 많은 공간을 차지하고 있었다. 그는 한 바퀴를 더 돈 뒤 탕비실 문을 향해 저벅저벅 걸어갔다.

4

 관리부 직원들이 또다시 그를 찾아온 것은, 철제 책상이 탕비실로 옮겨진 지 20일이 지나서였다. 관리부 직원들은 20일 전처럼 예고나 통보도 없이 들이닥쳤다. 오후 네 시경이었다. 퇴근 시간까지는 두 시간밖에 남아 있지 않았다. 그들은 탕비실 문을 거칠게 밀고 침입이라도 하듯 들어섰다. 그는 철제 책상에 붙어 앉아 연필을 깎고 있었다. 그는 묵묵히 연필심을 갈았다. 연필심이 만족스러울 만큼 뾰족해진 뒤에야 고개를 들었다. 그는 그들을 번갈아가며 바라보았다. 그들이 그의 철제 책상으로 불안하게 움직여 왔다. 그들은 그의 철제 책상을 가운데 두고 서로 마주 보고 섰다. 그는 그들이 무엇을 원하는지 알 것 같았다. 그는 철제 책상에서 몸을 일으켰다. 철제 책상에서 한 발짝 뒤로 물러섰다.

 그들은 철제 책상을 허공으로 들어올렸다. 철제 책상은

분명히 20일 전보다 가볍게 들렸다. 탕비실 문은 활짝 열려 있었다. 그들은 옆걸음질을 치며 탕비실 문밖으로 움직여 갔다. 그는 묵묵히 그들의 움직임을 지켜보았다. 그들의 움직임은 어딘가 일사불란한 데가 있었다. 그들은 사무실 문을 통과해 복도 밖으로 움직여 갔다. 그는 철제 책상과 한 발짝의 거리를 두고 철제 책상을 뒤따랐다. 그는 어느 순간 멈추어 섰고 철제 책상과 그의 거리가 점차 멀어지고 있었다. 그의 등 뒤에서 사무실 문이 차갑게 닫히는 소리가 들려왔고, 그 순간 그는 늑골들이 벌어지는 듯한 고통을 느꼈다. 그는 뒤를 돌아보지 못했다. 그가 뒤를 돌아보는 순간, 그가 수없이 드나들었던, 사무실 문이 소실점처럼 작아져 사라져버릴 것만 같았다.

그들은 철제 책상을 조금 더 바짝 허공으로 치켜들고 복도 끝까지 움직여 갔다. 서로를 향해 한마디씩 내뱉더니 철제 책상을 내려놓았다. 그곳은 하필 화장실 입구와 기역 자로 꺾이는 지점이었다. 그들은 손바닥을 탈탈 털고는 서둘러 그곳을 떠났다. 비상계단 쪽으로 사라지며 그들 중 한 명이 짧게 휘파람을 불었다. 그는 철제 책상으로 움직여 갔다. 철제 책상에 몸을 앉혔다. 연필심 가루가 재앙처럼 철제 책상에 지저분하게 흩어져 있었다.
 여섯 시 정각에 그는 철제 책상에서 몸을 일으켰다.

 철제 책상이 복도에 내놓아진 뒤로, 그는 가능한 한 철제 책상을 떠나지 않았다. 화장실에 갈 때를 빼고는 철제 책상에 바짝 붙어 앉아 있었다. 무수한 발소리가 그의 등 뒤를 지나다녔다. 그의 두 눈동자는 철제 책상의 한 지점에 못처럼 박혀 있었다. 녹 자국이 번져 있는 곳이었다. 포도 알갱이만 하던 녹 자국은 미미하지만 점진적으로 확장되고 있었다. 그는 오른손 중지를 녹 자국에 가져다 댔다. 지문 도장을 찍듯 중지를 꾹 눌렀다. 녹이 지문에 묻어났다.

 철제 책상이 화장실과 기역 자로 꺾이는 지점에 놓여 있었기 때문에, 화장실로 드나드는 발자국 소리들이 끊임없이 철제 책상을 지나쳤다. 발자국 소리들은 철제 책상을 지나칠 때 과격하고 다급해졌으며 어느 순간 철제 책상을 쾅, 하고 걷어차듯 지나갔다. 그는 입속 이빨들과 혀를 경직시키며 철제 책상에 달라붙어 버릴 듯 상체를 바짝 밀착시킬 수밖에 없었다.

철제 책상이 복도에 내놓아진 지 15일째 되던 날, 김이 그를 찾아왔다. 그는 천천히 철제 책상에서 몸을 일으켰다. 철제 책상에는 신문이 펼쳐져 있었다.

"이보게, 박."

김이 철제 책상을 바라보며 말했다. 그는 흐리게 풀어진 눈으로 김의 어깨 너머를 물끄러미 응시했다.

"자네가 나를 이해해주게."

김은 사무실 책임자였다. 사무실에서 이루어지는 업무들은 그를 통해 전달되고 지시되었으며, 결정되었다.

"이해라니요."

"이보게, 박."

"저는 잘못한 것이 없습니다."

"자네는 늙었네."

"예, 저는 늙었지요."

"이보게."

김의 목소리가 긴조하게 갈라져 나왔다.

"허기와 잠 따위는 이제 이 늙은이를 괴롭히지 못하지요. 하루 두 끼 식사와 네 시간의 잠이면 충분합니다."

김이 철제 책상에서 돌아섰다.

"죽음도 이 늙은이를 두렵게 하지는 못하지요."

김이 철제 책상에서 무참히 멀어졌다.

그는 병들지도 않았다. 구걸을 해야 할 만큼 가난하지도 않았으며, 약물 치료가 불가피할 만큼 고독하지도 않았다. 질병과 가난과 고독만 아니라면…… 그럼에도 불구하고 그는 자신의 죽음이 단 1분, 단 1초라도 앞당겨지기를 바랐다. 그러나 죽음은 그의 통제가 불가능한 영역 안에 있는 것이었다. 그리고 그에게 바람이 있다면 철제 책상에 앉아 있는 상태에서 심장마비를 일으켜 한순간 숨을 놓아버리는 것이었다.

그는 철제 책상에 몸을 앉혔다. 눈동자를 흐리며 허공을 응시했다. 문득, 그의 입이 탄식을 내지르듯 벌어졌다. 그는 양손을 엇갈려 겨드랑이 깊숙이 찔러넣었다. 손가락을 움직여 겨드랑이를 만지작거렸다. 날개…… 잠자리의 마른 날개 같은 것이 겨드랑이에서 부서져 내리는 것만 같은 착각이 들었다.

그는 철제 책상 맨 아래 서랍을 열었다. 그곳에는 10년 전의 인사 기록 장부가 들어 있었다. 그는 인사 기록 장부를 펼쳤다. 정자로 쓴 글자들이 그의 망막에 죽은 물고기들처럼 떠올랐다. 인사 기록 장부는 폐지 덩어리에 지나지 않았다. 정보들은 8년 전에 전산화 처리되어 보관되고 있었다. 그의 등 뒤로 발소리가 다가오고 있었다. 그는 들켜서는 안 되는 비밀문서라도 되는 듯 서둘러 인사 기록 장부를 덮었다. 발소리가 그의 등 뒤를 지나쳐 화장실 쪽으로 빠르게 사라졌다. 좌변기에서 물 내려가는 소리, 세면대에 수돗물 떨어지는 소리가 차례로 들려왔다.

그는 게슴츠레하게 풀어진 눈으로 철제 책상의 녹을 바라보았다. 녹은 전날보다 분명히 눈에 띄게, 그 범위가 넓어져 있었다. 그에게 녹의 확장은, 우주의 확장보다 불가사의하고 경이로운 현상임에는 틀림없었다. 구근이 쑥쑥 올라오듯 심장이 박동하는 것을 그는 느낄 수 있었다.

퇴근길 지하철에서 그는 늙은 걸인 부부를 보았다. 걸인 부부는 샴쌍둥이처럼 서로의 몸을 바짝 밀착시키고는 찬송가를 부르며, 지하철이 달리고 있는 반대 방향으로 거슬러 오르고 있었다. 그는 외투 주머니를 뒤져 500원짜리 동전을 찾아냈다. 동전을 만지작거리며 걸인 부부가 자신 쪽으로 천천히 다가오는 것을 지켜보았다. 그는 재빠르게 걸인 부부의 동냥 그릇 속에 동전을 집어넣었다. 동전이 손가락 사이에서 미끄러져 동냥 그릇 속으로 떨어지는 순간 그는 가늘게 어깨를 떨었다.

동정 따위를 베풀다니!

그는 동정을 혐오했다. 동정은 썩은 생선 덩어리처럼 지독한 냄새를 풍긴다. 동정을 베푸는 행위는 아무에게나 주어지는 것이 아니다. 그는 불안하게 눈동자를 굴리며 주위를 둘러보았다. 유통기한이 지난 옥수수 식빵 같은 얼굴을 한 사람들. 도심 공원의 비둘기들처럼 과자 부스러기를 찾아 떼 지어 몰려들고 떼 지어 흩어지는, 열성 유전자의 위대한 상속인들. 하수구에서 끓어오르는 냄새처럼 고약한 소문들에 기민하게 반응하는, 선량한 종족들.

그는 한 계단 한 계단 내딛을 때마다 역진화하듯 허리를 점점 구부리며 지하도 계단을 올라왔다.

그의 집은 3호선 불광역에서 5분 거리에 있었다. 28평 빌라에서 그는 20년째 살고 있었다. 그는 열쇠로 현관문을 따고 안으로 들어섰다. 어둠 속에서 조응이 안 되는 눈을 끔벅거리며 집 안을 둘러보았다. 한때 그 집에서는 아내와 두 딸이 살았었다. 두 딸은 결혼을 해 집을 떠났고 아내는 3년 전 위암으로 세상을 떠났다. 그리고 그만 집에 남았다.

그는 단조롭고 더딘 걸음으로 부엌과 거실과 방들을 걸어 다녔다. 방들은 유통기한이 지난 빵처럼 곰팡내를 풍겼다.

그는 우동 한 봉지를 끓여 저녁으로 먹고, 거실 소파에 앉아 열 시가 되기만을 기다렸다.

철제 책상이 복도에 내놓아진 지도 어느새 20일이 지났다. 그에게는 여전히 업무가 주어지지 않았다. 그러나 철제 책상이 복도에 내놓아졌다고 해서 달라진 것은 없었다. 그는 출근 시간과 퇴근 시간을 엄격하게 지켰으며, 근무 시간에는 가능한 한 철제 책상을 떠나지 않았다. 그는 여전히 사무실 소속의 사무원이었고, 그의 철제 책상은 온전하게 살아남아 있었다.

24일째 되던 날에는 뜻밖에도 젊은 사무원이 그를 찾아오기도 했다. 젊은 사무원은 당당하지만 규칙적인 걸음걸이로 철제 책상을 향해 움직여 왔다. 사무원은 철제 책상에 종이 한 장을 떨어뜨려 놓고 다급하게 멀어져갔다. 종이가 철제 책상에 내려앉는 순간 철제 책상이 흔들리는 것을 그는 확연히 느낄 수 있었다. 미미히지만, 철제 책상을 단숨에 엎어버릴 수도 있을 것만 같은 진동.

종잇장에 적혀 있는 것은, 건물 엘리베이터 수리와 관련한 내용이었다. 수리 날짜와 시간이 명료하게 몇 자 적혀 있을 뿐이었다.

귀에 익숙한 발소리들이 들려왔다. 그는 철제 책상의 녹 자국을 뚫어져라 바라보고 있었다. 발소리는 점점 가까이 다가오고 있었다. 그는 발악적으로 고개를 들었다. 발소리들이 들려오는 지점을 물끄러미 바라보았다. 관리부 직원들이 그의 철제 책상을 향해 일정한 보폭으로 움직여 오고 있었다. 그는, 그들이 언제나 통보나 예고 없이 찾아왔다는 것을 간신히 기억해냈다. 그는 철제 책상에서 몸을 일으키거나 하지는 않았다. 그들이 그의 철제 책상으로부터 두 발자국 떨어진 지점까지 진입해왔다. 그는 철제 책상에서 떠밀리기라도 하듯 주저하며 몸을 일으켰다. 그는 철제 책상에서 한 발자국 뒤로 물러섰다. 그러나 그들은 그의 철제 책상을 무심하게 지나쳤다. 그들은 철제 책상을 지나쳐 화장실 쪽으로 사라졌다. 화장실에서 망치 소리, 전기 드릴이 작동하는 소리, 말소리 따위가 들려왔다. 그는 철제 책상에서 몸을 일으키거나 하지는 않았다.

 15분 뒤, 화장실에서 걸어나오는 관리부 직원들의 손에는 소변기가 들려 있었다.

 소변기는 염습(殮襲)을 기다리는 시체처럼 흉터와 얼룩과 깨진 자국을 고스란히 드러내며, 오줌 지린내를 지독하게 풍기고 있었다. 세면대에 악착같이 달라붙어 있는 배수관은 항문 밖으로 토해진 내장 같았다.

그는 그들이 사라지기를 기다려 철제 책상에서 몸을 일으켰다. 철제 책상을 남겨둔 채 화장실로 뚜벅뚜벅 걸어 들어갔다. 화장실 벽 통유리를 마주 바라보며 직립해 섰다. 거울에 비친 소변기들을 들여다보았다. 소변기를 떼어낸 자리가 분명한 지점에 그의 시선이 멈칫거렸다. 소변기가 달라붙어 있던 흔적이 흉하게 남아 있었다. 주변에는 시멘트 가루와 소변기에서 떨어진 날카롭고 자잘한 조각들이 널려 있었다. 그는 세면대의 수도꼭지를 틀었다. 물방울을 사방으로 튀기며 손을 오래오래 씻었다.

철제 책상이 지난 12년 동안 달라붙어 있던 자리에는 먼지밖에, 아무런 흔적도 남아 있지 않았다는 것을, 그는 깨닫고 있었다.

5

드디어, 그가 두려워하던 일이 발생하고 말았다. 월요일이었다. 그가 출근했을 때 철제 책상이 사라지고 없었다. 언제나처럼 통보도 없이, 그의 철제 책상을 복도에서 치워버린 것이다. 철제 책상이 복도에 내놓아진 지 25일 만이었다.

그는 철제 책상이 놓여 있던 곳으로 느리게 움직여 갔다. 철제 책상이 놓여 있던 자리에 우두커니 버티고 섰다. 어깨를 힘없이 늘어뜨리고 고개를 떨어뜨렸다. 그는 몸을 움직일 수가 없었다. 공기의 흐름이 느껴지지 않았다. 그를 지나쳐가는 무수한 발자국 소리들이 벽 너머에서 들려오는 소리처럼 희미하기만 했다. 그의 몸속을 순환하는 피들이 얼음처럼 차갑게 굳었다. 입속 혀가 쇳덩이처럼 굳었다. 눈동자가 점멸하듯 꺼져들었다.

복도 창으로 햇빛이 꾸역꾸역 밀려 들어왔다. 햇살은 그의 살가죽에 자잘하게 새겨진 주름들을 들추어내며 머릿속을 비추었다. 성긴 머리카락 사이로 비듬이 축복처럼 내려앉아 있었다. 먼지가 그의 주변을 부옇게 떠돌았다. 먼지들은 그의 외투에 달라붙었다.

발소리가 다가왔다. 그는 쇳덩이처럼 굳은 혀 사이로 낮은 신음 소리를 흘리며 고개를 들었다.

"보일러실로 가보게."

그로부터 서너 발자국 거리에 김이 서 있었다.

김이 그에게 말했다.

"자네 괜찮은가."

그는 고개를 끄덕였다.

김이 그에게서 돌아섰다. 마치 철제 책상에서 돌아서기라도 하듯.

보일러실은 건물 지하에 있었다. 지상으로부터 적어도 3미터 가까이 파 들어간 곳에. 철제 책상이 보일러실로 옮겨졌다고 해서 달라질 것은 없었다. 그의 철제 책상은 어찌되었든 폐기 처분되지 않은 것이다. 쓰레기 처리장으로 보내져 납작하게 눌리지 않은 것이다.

그는 보일러실로 가기 위해 비상계단을 내려갔다. 계단에 발짝을 내려 딛을 때마다 겨드랑이에서 마른 날개 같은 것이 부서져 내리는 듯한 느낌에 사로잡혔다. 3층과 2층의 중간쯤에서 그는 관리부 직원들과 마주쳤다. 그들은 계단을 뛰다시피 올라오고 있었다.

그들은 당연하게도 그를 무심하게 지나쳐갔다.

그는 그것으로 충분했다. 그가 기대할 것은 아무것도 없었다.

6

관, 계, 자, 외, 출, 입, 금, 지.

그는 보일러실 문 3분의 1 지점에 경고처럼 붙여놓은 문구를 한 자 한 자 칼로 도려내듯 읽었다.

그 문구는 그가 보일러실 문을 열고 그 너머로 들어서는 것을 망설이게 했다. 그는 이제껏 관계자외출입금지인 문으로 드나든 적이 없었다. 건물 내에서 관계자외출입금지인 문과 마주 서야 했던 적도 없었다. 그는 슬며시 관계자외출입금지인 문으로부터 비켜섰다. 그러나 공교롭게도 철제 책상은 보일러실 문 너머에 있었다. 관계자외출입금지인 문 바로 너머에. 그는 슬며시 관계자외출입금지인 문으로 옮겨 섰다.

그는 관계자외출입금지를 뚫어져라 바라보며 문 너머에서 들려오는 소리를 들었다. 멸종된 공룡들의 울음소리처럼 거대한 그 소리들은, 보일러 기계들이 운행을 하며 불가피하게 발산하는 소리들일 것이었다.

악수라도 청하듯 그는 오른손을 내뻗었다. 문 손잡이를 슬며시 움켜쥐었다.

7

 계단을 내려오는 발소리가 들렸다. 발소리는 망치 소리처럼 콘크리트 벽으로 파고들 듯 울렸다. 그는 보일러실 문 손잡이를 움켜쥐고 있던 손을 성급히 놓았다.
 "누구세요?"
 목소리는 그의 오른편에서 들려왔다. 그는 여전히 보일러실 문을 정면으로 향하고서 고개만 약간 오른쪽으로 돌렸다. 청색 점퍼를 걸친 남자가 경계가 가득한 표정으로 그를 바라보고 있었다.
 "나는 다만……"
 그는 낮고 더듬거리는 목소리로 말했다.
 "저곳에……"
 그는 보일러실 문을, 관계자외출입금지라고 써놓은 문구를 손가락으로 가리켰다.
 "내 철제 책상이……"
 "그런데?"
 남자가 그에게 얼굴을 바짝 들이밀었다.
 "인사부 박계장님 아니십니까? 그런데 어쩐 일로……?"
 "나는 다만……"

"설마 저한테 일이 있으셔서 찾아온 것은 아니시지요?"

"나는……"

남자가 보일러실 문고리를 움켜쥐었다. 보일러실 문을 밀었다. 보일러실 문은 별다른 저항 없이 둔중한 소리를 내며 열렸다. 보일러실 문 너머에 웅크리고 앉아 있는 보일러 기계들이 그의 시야에 들어왔다. 그는 철제 책상을 찾기 위해 검은자위를 재빠르게 굴렸다. 저기 어딘가에 내 철제 책상이 있을 것이다. 그는 마침내 보일러 기계들 속에서 철제 책상을 발견해냈다.

철제 책상은 정확히 철제 책상만큼의 공간을 차지하며 보일러 기계들 사이에 놓여 있었다. 철제 책상 바로 위에는 하필 형광등이 매달려 있었고, 밀랍 덩어리 같은 형광등 불빛이 철제 책상을 적발하듯 적나라하게 내리비추고 있었다. 녹 가루처럼 불그스름한 먼지가 철제 책상 주위를 떠돌고 있었다.

"아, 저거요."

남자가 철제 책상을 손가락으로 가리켰다.

"보일러실도 좁아터져 죽겠는데 보일러실밖에 놓을 곳이 없다지 뭐예요."

남자가 보일러실 문 너머로 성큼성큼 걸어 들어갔다.

보일러실 문은 다시는 열리지 않을 것처럼, 열릴 때보다 조금 더 둔중한 소리를 내며 닫혔다. 문이 스르르 닫히다가 쿵 소리를 내며 완전히 맞물리는 순간, 그는 어깻죽지를 가늘게 떨었다.

                                8

 그는 종잇장이 들리듯 보일러실 문 앞에서 돌아섰다. 그의 오른쪽 손목에 채워져 있는 시계는 마침 여섯 시를 지나고 있었다. 그는 보일러실이 205호 사무실보다 안전한 곳일지도 모른다는 생각을 했다. 지난 12년 동안 철제 책상이 놓여 있던 사무실보다도. 그리고 지난 20일 동안 놓여 있던 탕비실보다도. 그리고 지난 25일 동안 놓여 있던 복도 구석진 자리보다도.

 보일러실은 어쨌든 관계지외출입금지인 구역이었으므로. 관계자가 아닌 사무원들은 함부로 드나들 수는 없는 구역이었으므로.

 관리부 직원들조차도 그곳에 함부로 발을 들여놓을 수는 없을 것이라고, 그는 믿었다.

그리고 그 믿음은 지난 12년 동안 그가 받았던 어떠한 위로와 보상보다도 그를 평안에 이르게 했다.

두번째 서랍

1

 열쇠공이 부엌으로 들어서는 순간, 찬장 두번째 서랍이 미세하게 떨렸다. 여자는 열쇠공을 찬장 앞으로 이끌었다. 찬장에는 모두 네 개의 서랍이 달려 있었다. 피아노의 흰건반처럼 왼쪽에서 오른쪽으로 나란히 놓여 있었다. 첫번째 서랍, 두번째 서랍, 세번째 서랍, 네번째 서랍. 오직 두번째 서랍에만, 구릿빛의 둔중한 자물통이 매달려 있었다. 두번째 서랍에 채워진 자물통의 잠금장치를 풀어달라, 고 여자가 열쇠공에게 말했다.
 "아, 두번째 서랍……!"

열쇠공이 탄성처럼 내뱉었다. 열쇠공은 두번째 서랍을 20여 초간 응시하다가 찬장 밑에 무릎을 꿇고 앉았다. 열쇠공은 기도를 하려는 자세처럼 경건하게 두 무릎을 모았다. 허리를 반듯하게 폈다. 두번째 서랍 손잡이와 열쇠공의 이마가 수평을 이루었다. 열쇠공은 손을 뻗어 두번째 서랍에 채워진 자물통을 슬그머니 움켜쥐었다.

"그런데 두번째 서랍 속에 뭐가 들어 있기에?"

열쇠공이 여자에게 물었다.

"아주 귀중한……"

여자는 모호하면서도 비밀스러운 표정을 지었다.

"아주 귀중한 거라면?"

열쇠공은 자물통을 움켜쥐고 있는 손가락들을 풀었다. 첫번째 서랍과 세번째 서랍과 네번째 서랍을 차례로 열었다 닫았다. 세 개의 서랍 모두 텅 비어 있었다.

"다만…… 아주 귀중한……"

여자는 눈동자의 초점을 흐리며 천천히 고개를 저었다.

열쇠공은 모든 것을 다 이해한다는 듯 고개를 두 번 끄덕여 보였다. 가져온 연장 가방을 열었다. 연장 가방을 가득 채우고 있는 자물통들과 열쇠들 속에서 한 뼘 길이의 가느다란 철사를 꺼냈다.

"이깟 자물통의 잠금장치를 푸는 일쯤은 간단하게 끝낼 수 있지요."

열쇠공이 자신감에 찬 목소리로 혼잣말을 하듯 중얼거렸다.

"그렇군요, 간단하게……"

여자는 눈꺼풀을 반쯤 감으며 두 손을 가슴께서 모아 쥐었다.

열쇠공이 철사를 자물통의 열쇠 구멍 속에 집어넣으려다가 문득, 그만두었다.

"그런데 두번째 서랍 속에 도대체 무엇이?"

2

여자가 찬장 두번째 서랍을 처음 '의식'한 것은 6개월 전이었다.

그날 여자는 무엇 식탁에 앉아 있었다. 밀랍으로 만든 마네킹 머리, 인모로 만든 통가발, 금속 빛의 미용 가위가 식탁 위에 놓여 있었다. 미용 기능사 자격증 실기 시험이 보름 뒤로 예정되어 있었다. 여자는 가발을 집어들어 마네킹 머리에 씌웠다. 가위를 집어드는 순간, 두번째 서랍에 채워져 있는 자물통이 여자의 시야에 들어왔다.

첫번째 서랍도, 세번째 서랍도, 네번째 서랍도 아닌 두번째 서랍에만 자물통이 채워져 있었다.

오직 두번째 서랍에만.

여자는 오래전 찬장 두번째 서랍에 무엇인가 귀중한 것을 넣어둔 것이 분명하다고 확신했다. 그렇지 않고서야 두번째 서랍에만 자물통을 채워둘 리가 없었다.

여자는 허공에 대고 가위질을 했다. 부엌 창으로 비쳐든 햇살이 축제라도 벌이듯 분분하게 잘렸다. 여자는 가위를 식탁에 얌전히 내려놓았다. 기하학적으로 잘린 햇살들이 식탁 위에 어지럽게 널려 있었다. 마네킹 머리에서 가발이 미끄러져 식탁 위로 떨어졌다. 가위의 두 날은 45도 각도로 벌어져 있었다. 그리고 하필 두번째 서랍을 향해 있었다. 두번째 서랍 손잡이와 자물통이 맞물려 있는 부분을 싹둑 잘라버리기라도 할 듯.

두번째 서랍을 여는 것은 오프너로 병뚜껑을 따는 것보다도 쉬워 보였다. 자물통의 잠금장치만 풀면 되는 일이었다. 잠금장치가 풀린 자물통을 거두어낸다. 그리고 두번째 서랍에 달린 손잡이를 잡아당기면…… 마침내……, 여자는 목 안에서 중얼거렸다. 자물통의 잠금장치가 풀리는 소리가 여자의 귓속에서 환청처럼 울렸다.

여자는 벌어져 있던 가위의 두 날을 오므렸다. 식탁에서 일어섰다. 현관 신발장에서 열쇠 꾸러미를 가져왔다. 열쇠들을 자물통에 일일이 맞춰보았다. 열쇠가 아홉 개나 되었지만, 단 한 개의 열쇠도 자물통의 잠금장치를 풀지 못했다. 그러나 여자는 여전히 두번째 서랍을 여는 일이 쉬워 보였다. 쉽고, 간단하게. 별다른 흥분이나 기대 없이, 두번째 서랍을 열 수 있을 거라고 믿었다.

여자는 두번째 서랍을 여는 것이 한편으로는 권태로운 행위처럼 여겨지기도 했다.

굳이.

그럴 필요가.

여자는 마네킹 머리에 씌워져 있는 가발을 집어들었다. 환부라도 가리듯 자신의 머리에 가발을 꾹 덮어썼다. 부여히 가위를 집어들었다. 허공에 대고 챙강 챙강, 가위질을 했다. 마네킹 머리를 뚫어져라 바라보았다. 가위로 가발을 한 움큼 잘랐다. 인모들이 분사되듯 식탁 위에 널렸다.

여자는 첫번째 서랍과 세번째 서랍과 네번째 서랍을 차례로 열어보았다. 첫번째 서랍에는 일회용 플라스틱 숟가락들이, 세번째 서랍에는 오래된 고지서들이 뭉텅이로 들어 있었다. 네번째 서랍은 텅 비어 있었다. 여자는 비어 있는 네번째 서랍에 오른손을 집어넣었다. 네번째 서랍의 물리적이고 심리적인 범위를 가늠했다. 토스트용 식빵 세 조각을 포개어 넣을 만큼의 공간이었다. 두번째 서랍도 '겨우' 그만큼의 공간을 품고 있을 것이었다.

토스트용 식빵 세 조각. 딱 그만큼의 공간에 비밀스럽게 넣어둘 수 있는 귀중한 것.

진주 목걸이, 만기된 정기 적금 통장, 단명한 천재 화가의 소품 그림, 희귀 식물의 씨앗, 어릴 적 흑백 사진, 항공권이 포함된 여행 티켓, 백화점 상품권, 성경책, 박제 나비, 시금석, 중국산 자기……

여자는 봉투가 벌어지듯 입을 벌리고 천천히 고개를 저었다. 그런 것들과는 감히 비교도 안 될 만큼 귀중한 것이 들어 있지 않을까. 그리고 그것이 무엇이든, 찬장 두번째 서랍에서 꺼내져 자신의 손에 쥐어지는 순간, 지금까지의 삶이 '혁명'처럼 달라질 것이라고 믿게 되었다. 그렇다고 여자가 자신의 삶에 이렇다 할 불만을 갖고 있는 것은 아니었다. 여자는 만족해하고 감사해하는 편이었다.

 찬장을 부엌에 들여놓은 것은 3년 전이었다. 여자는 충정로에 있는 한 가구점에서 찬장을 구입했다. 앤티크 디자인의, 자줏빛에 가까운 짙은 갈색을 띠는 찬장은 고급스럽고 특별해 보였다. 막연히 그렇게 느껴졌던 것이지만, 막연한 것만큼 확연한 것이 없는 경우도 있었다. 굳이 찬장이 필요했던 것은 아니었다. 그러나 찬장을 발견했을 때, 찬장을 꼭 갖지 않으면 안 될 것만 같았다. 여자는 찬장을 소유하기 위해 적지 않은 대가를 지불했다.
 찬장은 가구점에서 옮겨져 여자의 집 부엌에 들여놓아진 순간 한없이 평범한 가구로 전락해버렸다. 고급스럽기만 하던 짙은 갈색조차도 천박하게 느껴졌다. 수납용으로도 적절하지 않은 찬장이었다. 수납공간이라고는 서랍 네 개와 접시들을 진열해놓을 수 있는 선반 두 개가 고작이었다. 선반은 폭이 20센티미터도 안 되었다. 접시를 진열하려면 위태롭게 세워놓아야 했다. 부엌이 그다지 좁은 편은 아니었지만, 그렇다고 해서 찬장을 놓을 만한 적당한 공간이 남아도는 것도 아니었다.

여자는 찬장을 구입한 가구점에 전화를 걸었다. 찬장을 부엌에 들여놓은 지 한 시간도 지나지 않아서였다. 조심스럽게 찬장의 반품을 요구했다. 가구점에서는 타당하기도 하고, 타당하지 않기도 한 이유들을 늘어놓으며 여자의 요구를 거절했다. 찬장을 구입할 때 여자가 신용카드로 결제를 한 것과 정가에서 2만 원을 깎은 것이, 반품을 해줄 수 없는 결정적이면서도 타당한 이유였다. 여자는 하는 수 없이 찬장의 반품을 포기했다.

"그런데 공간이 문제군……"

여자는 이론가처럼 중얼거렸다.

여자는 찬장 놓을 자리를 오랫동안 고심하다가 냉장고 옆에 바짝 붙여놓았다. 냉장고 문을 열면, 그것에 의해 찬장이 자연스럽게 가려졌다. 부엌문을 열어도 찬장이 자연스럽게 가려졌다. 여자는 찬장의 분위기를 고급스럽게 꾸며보려고 남대문 지하상가에서 구입한 영국제 접시들을 진열해놓기도 했다. 접시들은 찬장 선반에 올려놓는 순간 대형 마트에서 흔히 볼 수 있는 싸구려 분위기를 풍겼다.

찬장을 구입한 지 1년쯤 지나서는 아예 찬장을 치워버리려고 했다. 그러나 찬장을 치우는 것도 일이라면, 일이었다. 전기밥통처럼 여자 혼자 들어서 내놓기에는 찬장의 부피가 지나치게 컸다. 여자는 찬장을 부엌 밖으로 치워버려야겠다는 계획을 빠르게 포기했다. 그리고 어느 날부터인가는 아예 찬장에 무신경하게 되었다. 찬장 말고도 신경 써야 할 것들은 얼마든지 널려 있었다.

찬장은 분명히 부엌 한구석을 차지하고 있었지만, 없는 것이나 마찬가지였다.

두번째 서랍을 여는 것은 여전히 간단해 보였다. 그러나 여자는 여전히 두번째 서랍을 열지 못하고 있었다.

오로지 두번째 서랍 때문에 여자는 좀처럼 부엌을 떠나지 못했다. 잠깐 부엌을 비운 사이에 누군가 두번째 서랍을 부수고 그 안의 귀중한 무엇인가를 감쪽같이 가져가버릴 것만 같았다. 여자는 부엌에 머무는 동안 두번째 서랍에서 20초 이상 시선을 떼지 않았다. 20초는 15초로, 10초로, 5초로 줄어들었다. 불안은 강박증으로까지 진전되었다. 세수도 개수대에서 하고 머리카락도 개수대에서 감았다. 여자는 잠도 부엌에서 잤다. 찬장 밑에 식탁보를 깔아놓고 그 위에 반듯하게 누웠다. 두번째 서랍을 간절하게 바라보다가 잠들었다. 여자가 부엌을 떠날 때는 화장실에 다니러 갈 때뿐이었다. 잠을 자는 동안 여자의 머릿속에는 두번째 서랍이 꽉 들어차 있었다. 두번째 서랍에 채워둔 자물쇠가 괘종시계의 둔중한 추처럼 여자의 머릿속에서 규칙적이고, 권태롭게 움직였다.

하루 온종일 부엌에만 머물렀기 때문에 여자는 집으로 걸려오는 전화를 한 통도 받지 못했다. 신문과 잡지도 읽지 못했고 티브이 뉴스와 즐겨 보던 드라마도 시청하지 못했다. 도시가스와 상하수도 검침원과 정수기 관리자는 여자의 집 초인종을 지루하게 누르다가 돌아갔다. 시댁에서 택배로 고춧가루와 꿀을 부쳐왔지만 여자는 그것을 받지 못했다. 택배 회사의 직원은 여자의 집 대문에 달린 초인종을 반복적이고 신경질적으로 누르다가 가버렸다. 5개월 전부터 매달 정기적으로 받던 불임 치료도 받지 못했다. 당연히 미용 기능사 실기 시험에도 불참했다. 마트에 가지 못했으므로 냉장고 안의 먹을 것들이 바닥났다.

남편은 2,3일에 한 번씩 밤이 늦어서야 부엌으로 여자를 찾아왔다. 부엌 식탁에 웅크리고 앉아 두번째 서랍을 노려보고 있는 여자를 발견하고는 소스라치게 놀라곤 했다. 그러나 남편은 여자가 하루 온종일 부엌을, 두번째 서랍을 떠나지 못한다는 사실을 눈치 채지 못했다. 은행원인 남편은 아침 여섯 시면 출근하기 위해 집을 나섰고 밤 열 시나 되어서야 집에 돌아왔다. 토요일에는 종로에 있는 학원으로 영어와 일본어를 배우러 다녔으며, 일요일에는 프로야구 중계를 보고 늘어지게 잠을 잤다. 남편은 여자에게 정부에서 내놓은 부동산 시책을 장황하게 설명하기도 했으며, 여자가 알지 못하는 은행 동료의 결혼 소식과 이혼 소식을 전하기도 했다. 술에 만취해 들어온 날이면 승진과 해고에 대한 불안을 늘어놓기도 했다. 은행원 수명이 길어야 15년이라고, 15년. 남편은 지폐 계수기에서 낡고 구겨진 지폐들이 넘어가듯 중얼거렸다.

어느 날 밤인가는 인도네시아 수마트라 섬 인근에서 발생한 리히터 규모 6.1의 지진 소식을 전하기도 했다. 남편은 그들이 4박 5일로 신혼여행을 갔던 곳이 지진으로 가장 큰 피해를 입었다고 알려주었다. 남편과 여자가 신혼 첫날 밤을 보낸 장소가 시진의 중심에 있었다고 했다

"아, 지진이라니……"

여자는 찬장 두번째 서랍을 집요하면서도 불안한 눈빛으로 바라보며 중얼거렸다. 여자는 지진이 두번째 서랍보다 무가치하고 비현실적인 일처럼만 느껴졌다. 여자에게는 오

로지 두번째 서랍뿐이었다.

　남편은 관계를 원했다.

　"관계를 갖는 것이 싫지는 않지만……"

　남편이 느닷없이 여자의 오른쪽 젖가슴을 움켜쥐었다.

　"그렇다면 부엌에서……"

　"부엌에서?"

　"그래요, 부엌에서."

　"그토록 원한다면. 부엌도 나쁘지는 않을 것 같군. 한 번쯤은 침대 위가 아닌 부엌 바닥에서 해보는 것도."

　여자는 찬장 바로 밑에 식탁보를 깔았다. 치마를 벗고 식탁보 위에 반듯하게 드러누웠다. 두번째 서랍에 매달린 자물통을 노려보며 가랑이를 벌렸다. 남편의 들뜬 혀가 오른쪽 귀를 핥다가 귓구멍으로 들어오던 순간에도 여자는 자물통에서 눈을 떼지 않았다. 여자는 남편의 격렬한 움직임을 견디며 오른손을 허공으로 뻗었다. 자물통을 움켜쥐었다.

　그런데 왜 찬장 두번째 서랍일까.

　하필.

　두번째 서랍.

　서랍이라면, 여자의 집에 얼마든지 있었다.

여자는 결벽증까지는 아니었지만 정리 정돈에 세심한 편이었고, 정리 정돈을 잘하려면 적절한 수납공간이 필요했다. 여자는 가구를 구입할 때 될 수 있는 대로 서랍이 여러 개 딸린 것으로 골랐다.

3단 서랍장 한 개와 5단 서랍장 한 개. 화장대와 책상에도 각각 네 개의 서랍이, 티브이를 올려놓는 선반에도 세 개의 서랍이. 그리고 장롱에도 크고 작은 서랍들이 여섯 개나 달려 있었다. 심지어는 쌀통과 신발장에도 서랍이 달려 있었다. 여자가 보석들과 통장들을 넣어두는 곳은 화장대 네번째 서랍이었다.

여자가 아무리 생각을 해봐도, 그 많은 서랍들 중에 굳이 찬장 두번째 서랍이어야만 하는 타당한 이유가 떠오르지 않았다. 그것이 놓인 위치를 고려할 때, 찬장 두번째 서랍은 결코 안전한 장소가 아니었다.

여자는 그 모든 서랍들을 제쳐놓고 찬장에 딸린 네 개의 서랍만을 생각해보기로 했다.

굳이 찬장 두번째 서랍이 아닐 수도 있지 않았을까. 찬장 첫번째 서랍이거나, 세번째 서랍이거나, 네번째 서랍일 수도 있었다. 두번째, 둘. 2라는 숫자를 여자가 특별하게 좋아하는 것도 아니었다.

여자는 식탁 위의 마네킹 머리를 가만히 가슴에 끌어안았다.

여자는 가슴에 끌어안고 있던 마네킹 머리를 밀쳤다. 식탁에서 몸을 일으켰다. 숨을 멈추고 두번째 서랍에서 야멸치게 시선을 거두었다. 여자는 찬장으로부터 등을 돌렸다. 주전자에 물을 받아 가스레인지에 올렸다. 주전자에서 물이 끓어올랐다. 여자는 깊이 한숨을 내쉬며 가스레인지를 껐다. 찻잔에 물을 따르다 말고 홀쩍 고개를 돌렸다. 두번째 서랍을 뚫어져라 응시했다.

"경건……!"

여자가 탄식을 내지르듯 중얼거렸다. 두번째 서랍을 뚫어지게 바라보는 여자의 눈동자가 점점 확대되었다. 흰자위를 온통 뒤덮을 만큼 확대된 검은자위는 마치 경이에 찬 듯 보였다. 두번째 서랍은 분명히 경건의 기운을 띠고 있었다. 첫번째 서랍과 세번째 서랍과 네번째 서랍. 그 서랍들과 크기와 모양이 똑같았지만, 그 서랍들에게는 없는 경건의 기운이 두번째 서랍을 안개처럼 점령하고 있었다.

"분명히……!"

여자는 확신에 찬 목소리로 중얼거렸다. 여자의 입가 근육들이 미세하게 떨리며 환한 웃음이 번졌다.

  여자는 여전히 두번째 서랍을 뚫어지게 바라보고 있었다. 정수리를 바늘로 콕콕 찌르는 것 같은 통증이 기습했다. 통증이 불현듯 찾아올 때마다 여자는 미간을 찡그리며 질끈 눈을 감았다. 그리고 그 순간마다 여자의 망막에 떠 있던 두번째 서랍이 감쪽같이 지워졌다. 통증은 1초나 0.5초 간격으로 찾아왔고, 그때마다 여자는 질끈질끈 눈을 감아야 했다. 그리고 1초나 0.5초 간격으로 두번째 서랍이 사라져버릴까 봐 불안에 떨어야 했다. 두번째 서랍을 향한 집착과 강박이 통증을 유발한 것이 분명했다. 여자는 집착과 강박 따위와는 거리가 먼 성격의 소유자였다. 여자는 그때껏 사람이든 사물이든, 집착의 대상을 가져본 적이 없었다. 이렇다 할 강박증에 시달린 적도 없었다. 여자는 무난하고 무딘 편이었다. 민감한 오감의 소유자도 아니었다. 냄새에 다소 예민하게 반응하기는 했지만, 냄새 때문에 평온을 방해받지는 않았다.

  통증은 점점 더 짧은 간격을 두고 찾아왔고, 두번째 서랍이 망막에서 지워질 때마다 여자의 불안은 극에 달했다.

  두번째 서랍, 두번째 서랍, 두번째 서랍……

여자는 두번째 서랍을 주문처럼 중얼거리며 통증이 가라앉기를 기다렸다.

다행히 통증은 가라앉았지만 그를 대신하여 불면증이 찾아왔다. 두번째 서랍 때문에 여자는 도무지 잠을 이룰 수가 없었다. 두번째 서랍을 노려보며 며칠 밤을 꼬박 샜다. 여자의 낯빛은 창백해져 갔으며 몸피가 줄어들고 눈동자의 초점이 흐려졌다.

그날도 여자는 하루 온종일 부엌을 떠나지 않았다. 사방으로 초점이 분산되는 눈동자로 두번째 서랍을 간신히 응시하고 있었다. 여자의 두 손은 마네킹 머리를 움켜잡고 있었다. 목탄 가루를 뿌려놓은 듯 어둠이 부엌 공기 중에 번져 있었다. 어둠 속으로 두번째 서랍이 낮달처럼 흐릿하게 떠올랐다. 여자가 어깻죽지 사이에 감추고 있던 목을 길게 폈다. 마네킹 머리를 조금 더 거세게 움켜쥐었다. 두번째 서랍에서 소란스러움 같은 것이 느껴졌다. 수천 개의 곤충 알들이 앞 다퉈 부화하고 있는 것만 같은 소란스러움이었다. 두번째 서랍 틈새에서 한 줄기 가늘고 기다란 빛이 새어나왔다. 빛은 부챗살처럼 번지며 어둠 속으로 퍼져나갔다. 여자는 자신도 모르게 입을 벙긋 벌리며 마네킹 머리를 거칠게 밀쳤다. 마네킹 머리가 식탁 밑으로 떨어져 찬장으로 굴러갔다. 빛은 축복처럼 여자를 찬란히 비추고 있었다.

현관문이 열리고 닫히는 소리가 들려왔다. 발소리가 거실을 건너와 부엌으로 성큼 들어왔다. 발악하듯, 형광등이 켜졌다. 두번째 서랍 틈새에서 새어나오던 빛이 순식간에 잦아들었다. 형광등 불빛 속에 남편이 서 있었다.

"전기세가 석 달이나 밀렸다는군."

"형광등을 꺼줘요."

"납기일 내에 전기세를 내지 않으면 전기를 끊어버리겠대."

남편은 구겨진 고지서를 식탁 위에 올려놓았다. '전기 공급 중지 예고장'이라는 문구가 마치 낙인처럼 고지서에 찍혀 있었다.

"발자국이 찍힐 정도로 거실에 먼지가 수북하게 쌓였어."

"어서, 형광등을 꺼줘요."

"모레가 아버지의 기일이야. 아버지가 돌아가신 지 1년밖에 안 되었다는 게 믿어지지 않아. 10년은 된 것 같은데 말이지. 아버지가 다니시던 교회의 목사님이 추도 예배를 봐주시기로 했나 봐."

"아무래도 나는…… 못 갈 것 같아요. 그것보다는 형광등을······."

"아버지의 첫 기일이야. 못 가겠다니."

"아, 형광등······"

"설마, 농담이겠지."

"나는 갈 수 없어요."

"아버지의 첫 기일에 맏며느리인 당신이 가지 않겠다는 것은 말도 안 돼."

"그렇지만······"

"우울해 보이는군. 집에만 틀어박혀 있지 말고 학원에라도 다니지그래. 요가 학원이든, 수영장이든. 일본어를 배워보는 것은 어때."

"······"

"그런데 미용 기능사 실기 시험은 어떻게 되었지?"

"······"

"뭘 그렇게 뚫어지게 보고 있는 거야?"

"두번째 서랍······!"

남편이 고개를 돌리고 찬장을 바라보았다. 남편은 분명히 두번째 서랍을 바라보고 있었다. 남편은 찬장 쪽으로 두 발짝 움직여 갔다. 찬장 밑에 무릎을 꿇고 앉았다. 두번째 서랍이, 두번째 서랍을 봉인하고 있는 자물통이 남편의 시선과 수평을 이루고 있었다.

"마네킹 머리가 왜 여기에 있는 거지?"

남편은 찬장 앞까지 굴러가 있는 마네킹 머리를 집어들었다. 접혔던 무릎을 펴며 몸을 일으켰다. 여자 쪽으로 움직여 왔다. 마네킹 머리를 식탁 위에 반듯하게 내려놓았다.

"피곤하군. 그만 잠을 자야겠어."

남편은 마네킹에 대고 말했다.

여자는 남편이 뚫어지게 응시하던 것이 어쩌면 두번째 서랍이 아니었을지도 모른다는 생각이 들었다. 첫번째 서랍이었거나 세번째 서랍이었거나 네번째 서랍이었는지도 모른다. 어쩌면 찬장 선반에 진열되어 있는 접시들이었는지도…… 만약에 남편이 두번째 서랍을 보았다면, 두번째 서랍에 열매처럼 매달려 있는 자물통을 보았을 것이고, 두번째 서랍에만 자물통이 채워져 있는 이유를 궁금해했을 것이다. 그리고 여자에게 두번째 서랍에만 자물통을 채워둔 이유를 물어왔을 것이다. 두번째 서랍에 대체 무엇이 들어 있는지 추궁했을 것이다. 여자는 시아버지의 기일 추도 예배에 참석하지 못하는 이유가 사실은 두번째 서랍 때문이라고 고백하고 말았을 것이다. 그랬다면 남편은 미용 가위라도 집어들고 두번째 서랍을 아예 부수려 들지도 몰랐다.

여자는 찬장 밑에 식탁보를 깔고 그 위에 반듯하게 누웠다. 왼손을 뻗어 두번째 서랍에 채워진 자물통을 움켜쥐었다. 차분히 숨을 골랐다. 여자는 자신의 신체 부분들 중에 오로지 자물통을 움켜쥐고 있는 왼손만이 온전하게 살아 있다고 느꼈다. 왼손 손가락들에만 뜨거운 피가 흘렀다. 손가락들이 경련을 일으키듯 바르르 떨렸다. 자물통과 두번째 서랍도 지진에 휩싸인 듯 손가락들의 떨림을 따라 미세하게 흔들리고 있었다.

두번째 서랍을 지켜야 했기 때문에, 여자는 시아버지의 기일 추도 예배에 참석하지 못했다. 시댁의 가족들이 검은 성경책을 펼치고 모여 앉아 기도를 드리고 찬송가를 부르는 동안에도, 여자는 오로지 두번째 서랍에만 집중했다. 식탁 위에는 마네킹 머리가 성경책처럼 경건히 놓여 있었다. 여자는 엄숙하게 마네킹 머리 위에 두 손을 모았다. 두번째 서랍을 뚫어져라 응시하며 주기도문을 외웠다.

"시험에 들지 말게 하옵시며……"

마침내 전기가 끊겼다. 두번째 서랍 속에 들어 있는 귀중한 무엇인가를 손에 넣을 수만 있다면, 평생을 암흑과 침묵 속에서 살아도 고통스럽지 않을 것 같았다. 수돗물과 도시

가스 공급도 며칠 간격을 두고 중단되었다. 어쩌다 현관문이 열리고 닫히는 소리가 들려왔지만, 남편은 부엌으로 여자를 찾아오지는 않았다. 찬장 밑에서 남편과 가졌던 '관계'가 수없이 가졌던 '관계'들 중에 최고의 절정에 이른 '관계'였다는 것을 여자는 문득, 두번째 서랍을 바라보며 깨달았다. 여자는 찬장 밑에 식탁보를 깔고 누워 가만히 가랑이를 벌려보았다.

여자는 두번째 서랍이 문(門)이나 되는 것처럼 똑똑 두드려보았다. 두번째 서랍이 열리기를 간절히 바라며 똑똑 두드리고 있는데, 여자의 자매들이 느닷없이 부엌으로 들이닥쳤다. 여자는 남편이 자신의 자매들에게 연락을 한 것이라고 생각했다. 자매들은 부엌 식탁에 둘러앉아 각자 가져온 것들을 식탁에 늘어놓았다. 첫번째 자매는 참외를, 두번째 자매는 붉은 스카프를, 세번째 자매는 홈쇼핑으로 주문한 간장 게장을 가져왔다.

"우울증 때문에 자살까지 한다더라."

두번째 자매가 여자의 목에 붉은 스카프를 친친 감으며 말했다. 자매들은 여자가 우울증에 시달리고 있는 것이 분명하다고 확신하고 있었다. 여자는 결혼 13년째였지만 아직 아이가 없었고, 미용 기능사 실기 시험에서 세 번이나 떨어졌다.

"사실은……"

여자가 굳게 다물고 있던 입을 떼었다. 자매들의 시선이 일제히 여자에게 꽂혔다.

"사실은……"

자매들이 모든 것을 다 이해한다는 표정을 지으며 고개를 끄덕였다.

"사실은……"

그리고 여자는 입을 굳게 다물어버렸다. 자매들은 실망한 눈치였지만 여자를 추궁하지는 않았다.

"네 곁에 우리가 있다는 것만 알아둬라."

첫번째 자매가 의미심장한 목소리로 말했다.

"언제나 그랬듯이 우리는 항상 네 편이다."

두번째 자매가 참외 껍질을 깎으며 말했다.

자매들은 눈치가 빠른 편이었다. 여자는 자매들에게 두번째 서랍을 들키기라도 할까 봐 찬장 쪽으로는 아예 시선도 두지 않았다. 다행히 자매들 누구도 두번째 서랍을 '의식'하지 못했다. 자매들은 참외를 깎아 먹으며 시댁 식구들의 흥을 보다가 부엌 밖으로 사라졌다.

여자는 자신이 자매들 중 그 누구도 진실로 믿지 않는다는 사실을, 두번째 서랍으로 인해 깨닫게 되었다. 그러나 무엇보다도 두번째 서랍이 품고 있는, 귀중한 무엇인가를 자매들과 나누고 싶은 마음이 여자는 눈곱만치도 없었다.

 그것이 무엇이든지 간에, 오로지 여자만이 누려야 할 것이었다.

 여자는 목을 조르듯 감고 있는 붉은 스카프를 풀었다. 그것을 마네킹의 목에 친친 감았다. 간장 게장이 든 플라스틱 통을, 동굴처럼 어두운 냉장고 깊숙이 처넣어버렸다. 참외 껍질과 씨앗이 접시 위에서 까맣게 말라가고 있었다.

 두번째 서랍이 어느 때보다 유독 세상의 온갖 비밀을 간직한 듯 보였다. 그 속에 우주라도 품고 있는 듯 거대해 보이기까지 했다. 그 속에서 별들이 운행하고 달과 태양이 떠오르고 있을 것만 같았다. 두번째 서랍이 점점 작아지더니 소실점으로 사라졌다. 두번째 서랍에 채워져 있는 자물통도 점점 작아지더니 반짝, 찰나의 빛을 발하고 감쪽같이 사라졌다.

 여자는 다만, 감전이라도 된 듯 입을 벌렸다.

여자가 드디어 굳은 결심이라도 한 듯 입을 일자로 꾹 다물었다. 두번째 서랍에서 차갑게 시선을 거두었다. 식탁 위의 마네킹 머리를 뚫어져라 바라보았다. 분명히 마네킹 머리를 바라보고 있었는데, 마네킹 머리가 아니라 두번째 서랍이 시야에 온통 들어차 있었다. 여자는 두번째 서랍에서 차갑게 시선을 거두었다. 창문을 뚫어져라 바라보았다. 분명히 창문을 바라보고 있었는데, 창문이 아니라 두번째 서랍이 시야에 온통 들어차 있었다. 여자는 질끈 눈을 감고 고개를 저었다. 한참 만에야 눈을 떴다. 두번째 서랍에서 차갑게 시선을 거두었다. 냉장고를 뚫어져라 바라보았다. 분명히 냉장고를 바라보고 있었는데, 냉장고가 아니라 두번째 서랍이 시야에 온통 들어차 있었다.

여자가 그 어떤 것을 뚫어져라 바라보아도 결국에는 그것을 밀어내고 두번째 서랍이 온통 여자의 시야를 차지해버렸다. 여자는 두번째 서랍이 그녀의 몸에서 떨어져 나간 손이나 발처럼 느껴지기까지 했다.

두번째 서랍…… 그리고 그 속의 귀중한 무엇을 지난 3년 동안 까마득하게 잊고 살아왔다는 것이 여자는 도무지 믿어지지 않았다. 그리고 이제는 두번째 서랍을 열지 않고서는, 그 속에 간직되어 있는 것을 손에 넣지 않고서는, 두번째 서랍에서 놓여날 수 없다는 것을 뼈저리게 깨달았다.

"그러니까, 3년 전 내게 가장 귀중했던 것이 무엇이었을까……"

새벽 두 시경 부엌으로 찾아온 남편에게 여자가 물었다. 남편은 낯선 사람을 바라보듯 여자를 멀뚱히 바라며 고개를 가로저을 뿐이었다.

서두르지 않으며 두번째 서랍 속 귀중한 것이, 점점 그 귀중함을 잃고 하찮은 것이 되어버리지 않을까. 여자는 찬장 밑에 쪼그려 앉았다. 두번째 서랍에 채워진 자물통을 붙잡고 매달렸다. 첫번째 서랍과 세번째 서랍과 네번째 서랍을 거칠게 열었다 닫았다, 를 반복했다. 불안은 극에 달했다. 두번째 서랍이 과일처럼 다디단 냄새를 풍기며 푹푹 썩어가고 있는 것만 같았다. 불임 약들로 가득 채워져 있거나, 죽은 새가 눈을 하얗게 까뒤집고 날갯죽지에 구더기들을 품은 채 누워 있을시도……

여자는 부엌을 불안하게 오가다가 식탁으로 가서 앉았다. 가위를 집어들었다. 마네킹 머리에 가발을 씌웠다. 가위의 두 날을 60도나 40도로 벌리며 가발을 싹둑싹둑 잘랐다. 한순간 가위를 마네킹 머리의 정수리에 수직으로 내리꽂았다.

잘린 인모들이 날렸다. 여자는 마네킹 머리를 끌어안고 흐느껴 울었다. 여자의 어깨가 들썩거릴 때마다 두번째 서랍이 흔들렸다.

"도대체 뭘 원하는 거지?"

남편이 여자를 물끄러미 내려다보고 있었다. 남편이 손을 뻗어 마네킹 머리의 정수리에 꽂혀 있는 가위를 움켜쥐었다. 정수리를 십자 모양으로 벌려놓으며 가위를 빼냈다.

"제발, 당신이 원하는 것을 이야기해봐."

가위의 두 날이 30도로 벌려진 채 여자의 미간을 정면으로 향하고 있었다. 번개가 치듯 날 끝이 번쩍거렸다.

"열쇠공을 불러줘요."

여자는 갈라져 나오는 목소리로 간절하게 말했다.

"예전에 언젠가 현관문 열쇠를 잃어버렸을 때 열쇠공을 부른 적이 있잖아요."

"열쇠공이라고 했나……?"

남편이 혼잣말을 하듯 중얼거렸다.

"그러니까…… 열쇠공이었군……"

남편은 가위를 움켜쥔 채 비틀거리며 부엌 밖으로 사라졌다. 그리고 얼마 뒤 고막을 찢어놓을 듯한 음악 소리가 거실에서 들려왔다.

남편이 또다시 부엌으로 여자를 찾아온 것은 낮과 밤이 열 번쯤 순환한 뒤였다. 남편은 몹시 초췌하고 피로해 보였다. 여자는 은행 업무가 과중한 모양이라고 생각했다. 감사가 있거나 감원이 단행되고 있는지도 모른다.

 남편이 마침내 입을 열었다.

 "오후에 열쇠공이 오기로 했어."

 남편은 식탁에 서류 뭉치를 던져놓고 부엌을 나갔다. 그것은 이혼 서류였다. 뜻밖이었지만, 두번째 서랍을 지키고 있어야 했으므로 남편을 쫓아나가 물어볼 수도 없었다. 여자는 고심 끝에 이혼을 받아들이기로 했다. 이혼을 하지 않기 위해 두번째 서랍을, 그 속의 귀중한 무엇인가를 포기할 수는 없었다. 여자는 어리석은 선택을 하고 싶지 않았다.

 구원을 갈망하듯, 여자는 자물통을 향해 왼손을 뻗어 올렸다. 자물통을 움켜쥐었다. 오른손을 가슴 위에 얌전하게 올려놓았다. 눈꺼풀이 저절로 감겼다. 두번째 서랍이 여자의 감긴 눈 속으로 들어왔다.

 ……적막과 암흑이 개미 떼처럼 들끓었다. 여자는 자신이 두번째 서랍 속에 들어와 있다는 것을 직감적으로 깨달았다. 폐 속까지 한기가 느껴졌다. 박쥐의 날카로운 울음

소리 같은 것이 들렸다. 여자는 몸을 일으켰다. 두……번째…… 서랍…… 여자는 소리를 질러보았다. 두……번째…… 서랍…… 소리가 메아리쳐 울렸다. 두번째 서랍 속은 동굴처럼 깊었다. 귀중한 것은 서랍 깊은 안쪽에 들어 있을 것이었다. 여자는 서랍 안쪽으로 걸어 들어갔다. 여자의 머리 위로 박쥐 떼들이 날아갔다. 안으로 깊숙이 걸어 들어갈수록 서랍 천장이 낮아졌기 때문에 여자는 자꾸만 허리를 더 낮게 구부려야 했다. 그리고 어느 순간부터인가 여자는 아예 바닥에 두 무릎과 두 손을 디디고 네발짐승처럼 기어가고 있었다. 여자는 역진화하고 있는 것 같은 묘한 기분이 들었다. 그리고 두번째 서랍이 점점 확장되고 있는 것 같은 공포를 동시에 느꼈다. 귀중한 것을 손에 넣을 수만 있다면…… 천장이 계속해서 낮아지고 있었으므로 여자는 납작 엎드려서 애벌레처럼 기어야 했다. 여자가 문득, 목을 꺾었다. 별같이 빛나는 것들이 눈부시게 쏟아져 내리고 있었다.

3

"사실은 기억이 나지 않아요. 무엇을 넣어두었는지, 그렇지만 아주 귀중한……"

여자는 표정을 흐리며 열쇠공의 오른쪽 광대뼈를 물끄러미 바라보았다. 오른쪽 광대뼈를 덮고 있는 살갗이 강판에 간 듯 쪼그라들어 있었다.

"화상을 입은 자국이랍니다."

열쇠공은 자물쇠를 움켜쥐고 있던 손으로 오른쪽 광대뼈를 뒤덮고 있는 화상의 흔적을 문질렀다.

"저에게도 한때 아주 귀중한 것이 있었지요."

"귀중한 거라면……?"

"만능열쇠를 가진 적이 있어요."

열쇠공이 눈을 가늘게 뜨더니 목소리를 죽여 말했다.

"……?"

"만능열쇠로 이 세상의 열리지 않는 문들을 따고 돌아다녔답니다. 그야말로 만능열쇠였기 때문에 열지 못하는 문이 없었습니다. 만능열쇠 덕분에 열쇠공으로 꽤나 이름을 널리기도 했어요. 단 2초, 아니 단 1초면 문의 잠금장치를 풀 수 있으니까요. 열쇠 구멍에 만능열쇠를 꽂아넣기만 하면 잠금이 풀렸으니까요. 어느 날, 제가 미련하게도 만능열쇠를 전기 콘센트에 꽂았지 뭐예요. 구멍이란 구멍은 죄다 열쇠 구멍으로 보였거든요. 버스나 지하철에서 우연히 마주하게 되는 여자들의 귓구멍까지도 열쇠 구멍으로 보였으니까요. 정말이지 지하철에서 졸고 있던 여자의 귓구멍에 만능열쇠를 꽂았던 적도 있습니다. 그런데 콘센트 구멍까지 열쇠 구멍으로 보였던 거예요. 라면을 먹고 있었는데, 라면 국물을 떠먹다가 말고 콘센트 구멍에 만능열쇠를 쓱, 집어넣고 말았던 거예요. 깨어났을 때는 영등포에 있는 화상 전문 병원의 병실에 누워 있었어요. 유령처럼 온몸을 흰 붕대로 친친 감은 사람이 저를 물끄러미 내려다보고 있더라고요. 붕대를 하도 감아서 코끼리의 발만큼이나 커다래진 손을 제게 흔들어 보이더라고요. 전기가 만능열쇠를 움켜쥐고 있던 오른손 엄지손가락을 통해 제 몸속으로 들어가 오른쪽 광대뼈를 뚫고 나왔다고 했습니다. 퇴원을 해 집에 와보니 만능열쇠는 사라지고 없더군요. 피부 이식 수술을 받아야 했지만, 만능열쇠를 잃어버린 슬픔 때문에 도저히 수술을 받을 수 없었어요. 피부 이식 수술을 제때에 받았다면 흉터가 이렇게 심하게 지지는 않았을 텐데 말이에요."

"……"

"이런 말을 하면 제가 미쳤다고 생각할지도 모르겠지만 어쩐지……"

열쇠공의 오른쪽 광대뼈를 뒤덮고 있는 근육들이 경련을

일으켰다.

"두번째 서랍 속에 제가 잃어버린 만능열쇠가 들어 있을 것만 같습니다."

"설마 그럴 리가요."

여자가 비명을 지르듯 소리 질렀다.

"그래도 혹 모르지 않습니까. 제 만능열쇠가 들어 있는지도."

여자는 고개를 저었다. 열쇠공의 말대로 두번째 서랍에 열쇠공의 잃어버린 만능열쇠가 들어 있는 것은 아닐까.

열쇠공이 오른쪽 귀를 자물통에 딱 붙였다.

"자물통의 잠김과 풀림을 소리로 느껴야 하거든요."

드디어 열쇠공이 자물통 열쇠 구멍 속으로 철사를 집어넣었다. 철사를 엄지와 검지로 잡고 천천히, 일정한 방향 없이 움직였다. 열쇠공의 눈동자가 원을 그리듯이 느리게 움직이다가 한순간 공포에 휩싸이듯 고정되었다. 열쇠공의 눈동자와 여자의 눈동자가 허공에서 마주쳤다. 열쇠공이 열쇠 구멍에서 철사를 빼냈다. 자물통에서 오른쪽 귀를 뗐다.

열쇠공이 여자를 의미심장한 표정으로 바라보며 고개를 끄덕였다.

"아무래도 제 만능열쇠가……"

열쇠공이 불안해하며 말끝을 흐렸다.

여자가 두번째 서랍 손잡이에서 자물통을 빼냈다. 떨리는 손가락들을 벌려 손잡이를 움켜쥐었다.

4

드디어.

찬장 두번째 서랍이 그 비밀스러운 속을 드러냈다.

두번째 서랍 속에 충만히 들어차 있는 그것은, 한 움큼의 텅 빈 공간이었다.

도축업자들

1

한 트럭 분량의 닭들이라고 했다.

다섯 평 남짓한 공간은 동서남북, 네 면이 콘크리트 벽으로 가로막혀 있었다. 천장은 뻥 뚫려 있었다. 콘크리트 벽들은 높이가 2미터에 달했다. 콘그리트 벽들은 곳곳이 갈라지고 불그스름하게 녹슨 철 자재들이 툭툭 튀어나와 있었다. 철 자재들은 흡사 미라의 흔적만 남은 혈관들 같았다. 북쪽 콘크리트 벽에는 녹 덩어리 같은 철문이 달라붙어 있었다.

드디어, 철문이 열렸다.

도축업자들이 목을 'ㄱ'자로 꺾으며 철문을 넘어왔다. 도축업자들은 무릎까지 올라오는 검정색 고무장화를 신고, 파란색 방수포로 만든 앞치마를 두르고 있었다. 양손에는 붉은 고무장갑을 끼고 있었다. 도축업자들은 남쪽 콘크리트 벽 끝까지 성큼성큼 걸어갔다. 여전히 목을 기역 자로 꺾고 서로를 물끄러미 바라보았다.

트럭이 콘크리트 벽들을 향해 달려오는 소리가 들렸다.

"닭들이 오는군."

"닭들이 와!"

도축업자들은 고무장화 신은 발을 쿵, 쿵, 쿵 구르며 소리를 질렀다. 발악하듯 열려 있는 철문으로 닭 한 마리가 툭 던져졌다. 흰 깃털로 뒤덮인 닭이었다. 도축업자들은 또다시 고무장화 신은 발을 쿵, 쿵, 쿵 굴렀다. 철문으로 닭들이 홍수처럼 쏟아져 들어왔다. 콘크리트 바닥은 닭들로 바글거렸다.

드디어, 철문이 닫혔다.

닭 한 마리가 새처럼 날갯짓을 하며 푸드덕 날아올랐다. 닭들이 일제히 철사처럼 가느다란 식도가 찢어지도록 악을 썼다.

도축업자들은 동시에, 붉은 고무장갑 낀 손을 내뻗어 닭의 모가지를 움켜쥐었다. 따분해하는 낯을 지으며 서로를 물끄러미 바라보았다. 닭의 모가지를 움켜쥔 손가락들을 우악스럽게 조였다. 고무장갑의 붉은색은 흡사 닭의 모가지가 으깨지며 배어 나온 피 같았다.

 도축업자들은 동시에, 콘크리트 벽을 향해 닭을 집어던졌다. 피가 폭약처럼 튀며 닭들이 바닥으로 내동댕이쳐졌다. 놀란 닭들이 일제히 푸드덕 날아올랐다. 깃털들이 날렸다. 도축업자들은 동시에, 고무장화 신은 발을 도끼처럼 허공으로 들어올렸다. 닭들을 향해 발을 무차별적으로 가격했다. 닭들의 대가리와 모가지와 날개와 다리가 발에 밟혀 부러지거나 으깨졌다.

 고무장화 밑바닥은 2센티미터 두께의 고무 재질이었다. 밑바닥에는 빗살무늬가 새겨져 있었다. 한 트럭 분량의 닭을 도축하고 난 뒤면 빗살무늬의 골을 따라 피가 번져 딱딱하게 굳어 있었다. 빗살무늬가 닳고 닳으면, 도축업자들은 고무장화를 새것으로 바꾸었다. 도축업자들은 빗살무늬가 어서어서 닳아 없어지기를 바랐다. 고무장화 밑바닥으로 닭들의 날개를 짓눌러 으깼다. 빗살무늬가 닳고 닳을 때까지. 간혹 닭의 부리가 고무장화 밑바닥을 찢으며 발바닥에 박히기도 했다.

도축업자들은 하루에 한 트럭 분량의 닭을 도축했다. 언제나 한 트럭 분량의 닭이었다.

소름과도 같은 정적이 흘렀다.
도축업자들은 숨이 끊어진 닭들을 짓밟고 서 있었다. 도축업자들의 검은자위가 분열적으로 움직이며 널브러져 있는 닭들을 살폈다.
낫으로 비닐을 찢듯, 도축업자들의 입이 쩍 벌어졌다.
콘크리트 벽들로 둘러싸인 공간에는 역한 피 냄새와 땀 냄새, 닭들이 공포 속에서 싸지른 오줌과 똥 냄새가 진동했다.
한 트럭 분량의 도축된 닭들은, 그것들을 싣고 온 트럭에 고스란히 실려 공장으로 옮겨졌다. 닭들은 분쇄기에 넣어져 형체도 없이 으깨졌다. 날개와 다리가 온전한 닭들은 플라스틱 용기에 진공 포장되었다. 방부제가 닭의 복부에 심장처럼 달라붙었다.

도축업자들은 철문을 넘어갔다. 부화장과 양계장을 지나쳐 숙소로 향했다. 도축업자들은 양계장 뒤쪽에서 삽으로 구덩이를 파고 있는 남자들을 보았다. 남자들은 낯빛이 거무스름하며 섬광과도 같은 이빨들을 숨기고 있었다. 남자들이 도축업자들을 향해 더덕 같은 입들을 벌렸다. 광포하게 이빨들을 드러냈다.

"우리는 닭들을 도축할 뿐입지요."
"암요, 하룻날에 한 트럭 분량의 닭을 도축할 뿐입지요."
도축업자들은 고무장화 신은 발을 쿵, 쿵, 쿵 굴렀다.

도축업자들은 붉은 고무장갑을 낀 손으로 늙은 소녀의 다리를 탐하거나 소주병을 깨뜨리기도 했다. 고무장화 밑바닥의 빗살무늬를 서로의 이마에 불쑥 들이대기도 했다.

2

"숨!"
"숨이 느껴져!"

대가리가 으깨졌거나, 늑골이 부러졌거나, 내장이 터졌거나, 모가지가 분질러졌거나, 날개가 찢어진 닭들이 마구 뒤엉켜 널브러져 있었다. 콘크리트 벽들마다 피가 흘렀다. 닭들을 살피는 도축업자들의 검은자위가 먹물이 번지듯 확대되었다.

"숨!"

"숨!"

숨! 숨! 숨! 도축업자들은 고무장화 신은 발로 닭들을 미친 듯이 헤집었다. 고무장화와 앞치마는 온통 피범벅이었다. 닭 털들이 지저분하게 달라붙어 있었다. 도축업자들은 장화 신은 발을 허공으로 들어올렸다. 닭들의 대가리와 모가지와 날개를 사정없이 짓밟았다.

"가만!"

도축업자 한 명이 고무장화 신은 발로 닭을 가리켰다. 허공을 향해 대가리를 쳐들고 있는 닭이었다. 도축업자는 닭을 향해 손을 내뻗었다. 닭의 모가지를 움켜쥐었다. 허공으로 높이 들어올렸다. 닭의 으깨진 부리가 가늘게 벌어졌다. 부러진 왼쪽 날개가 경련을 하듯 바르르 떨렸다. 부러지지 않은 오른쪽 날개는 날아오르려는 듯 간절하게 날갯짓을 해댔다.

"슘!"

도축업자는 닭을 콘크리트 벽으로 집어던졌다. 콘크리트 벽에 부딪치는 순간 닭의 파열된 내장이 찢어진 항문으로 줄줄 흘러내렸다.

도축업자들의 광포하고 다급하던 숨소리가 잦아들었다.

도축장에 번개 같은 정적이 흘렀다.

3

도축장으로 끌려오는 닭들은 철망으로 짠 칸칸마다에 들어 사육되었다. 가로 12×세로 18센티미터의, 날개가 몸통에 딱 달라붙을 만큼 비좁은 칸칸이었다. 모차르트의 시작도 끝도 없는 음악이 칸칸마다에 전류처럼 흘렀다.

칸칸마다에 든 지 60일이 되는 날, 닭들은 도축장으로 끌려왔다. 정확히 60일이었다. 60일 동안 닭들의 몸뚱이는 기형적으로 불어났다. 도축장으로 끌려오기 전, 닭들은 무려 30시간 동안 단 한 줌의 모이도 단 한 방울의 물도 공급받지 못했다.

"세 명의 파키스탄 인부들이 삽으로 구덩이를 팠다더군."

"하루 온종일 판 구덩이가 도축장만큼이나 넓고 깊었다지."

도축업자들이 닭들을 도축하는 동안, 닭 농장에서는 천 마리도 넘는, 살아 있는 닭들이 흙구덩이에 파묻혔다. 생산력이 급격히 떨어진, 난용종 닭들이었다. 닭 농장에서는 육용종 닭뿐만 아니라 난용종 닭들도 대규모로 사육하고 있었다. 10만 마리가 넘는 닭들이 서너 마리씩 나뉘어 철망에 격리, 수용되었다. 달걀을 낳았다. 닭들은 25시간에서 30시간에 한 개꼴로 달걀을 낳았다. 1년에 250여 개에 달하는 알을 낳다가 어느 날, 철망 밖으로 내쫓겼다. 서서히 굶어 죽거나, 흙구덩이에 무참하게 파묻혔다. 분쇄기에 갈려 싼 값으로 식품 회사에 팔려나가기도 했다.

부화장에서는 7천여 마리나 되는 병아리들이 모차르트의 시작과 끝도 없는 음악을 들으며 부화했다. 부화장 천장에 매달아놓은 형광등 불빛을 향해 희멀건 눈알을 굴리며 신음했다. 병아리들은 부화한 지 이틀 만에 부리가 뜨겁게 달궈진 펜치에 싹둑 잘렸다. 부리로 서로를 쪼아서 상처를 입히는 것을 방지하기 위해서였다. 한 달에 한 번, 마을의 늙은 여자들은 승합차를 타고 닭 농장으로 왔다. 하루 종일 불그스름하게 달궈진 펜치로 병아리들의 부리를 자르다가 마을로 돌아갔다. 늙은 여자들은 일당 대신 닭이나 달걀을 얻어 가기도 했다.

도축업자들은 닭 농장에 딸린 식당에서 밥을 먹다가 잘린 병아리의 부리를 씹기도 했다. 부리는 된장국이나 김칫국에 건더기처럼 둥둥 떠다니기도 했다.

4

"오늘은 5천 마리라고 하더군."
"한 봉지마다 100마리씩!"
도축업자들은 고무장화 신은 발을 쿵, 쿵, 쿵 굴렀다.
도축업자들이 도축장에서 한 트럭 분량의 닭들을 도축할 동안, 양계장에서는 5천 마리의 수평아리가 처분되었다. 5천 마리는 100마리씩, 50개의 무리로 나뉘어 비닐 팩에 넣어졌다. 0.5밀리미터 부피의 투명하고 위생적인 비닐 팩이었다. 수평아리들은 모가지와 날개와 다리가 뒤엉킨 채 발악을 해댔다. 더없이 미약한 부리를 서로의 눈깔에 박아 넣었다. 모가지를 꺾으며 제 심장에 부리를 꽂았다. 100마리째의 수평아리를 쑤셔넣은 즉시, 비닐 팩의 입구는 차단

되었다. 서서히, 그러나 순식간에 압착되었다. 비닐 팩에 들어차 있던 공기가 증발하듯 소실되었다. 수평아리들은 비닐 팩 속에서 눈동자를 희멀겋게 뜨고 질식해 죽었다. 수평아리들의 내장에서 구더기가 들끓도록 비닐 팩은 썩거나 변질되지 않았다. 수평아리들의 심장들과 뼈들과 눈깔들과 깃털들과 다리들이 먼지처럼 흩어지도록 비닐 팩은 온전하게 보존되었다.

닭 농장에서는 수천 마리의 수평아리들을 한꺼번에 분쇄기에 몰아넣고 갈아버리기도 했다. 멀쩡히 살아 있는 수평아리들을 분쇄기에 무더기로 쓸어넣었다. 수평아리들이 내지르는 울음소리는 분쇄기 돌아가는 소리에 묻혔다. 미숫가루처럼 곱게 갈린 수평아리들은 닭들의 사료로 쓰이거나, 식품 업체로 팔려나갔다. 인스턴트식품으로 가공되었다.

5

도축업자들은 미국의 한 닭 농장에서 대가리가 없는 닭들이 대규모로 사육되고 있다는 소문을 들었다. 웬만한 마을보다도 면적이 넓은, 어마어마한 규모의 닭 농장이라고 했다. 부화한 지 꼬박 20일이 되는 날, 닭들은 가차 없이 대가리를 제거당한다고 했다. 축제를 벌이듯, 엄청난 소음 속에서, 수천 마리에 달하는 닭들의 대가리를 잘라버린다고 했다. 닭의 대가리를 쳐내는 것은, 얄팍한 종잇장을 찢는 것만큼이나 수월하고 간단한 일이라고 했다. 컨베이어 벨트 위를 닭들이 줄을 지어 지나가고, 바퀴처럼 빙글빙글 돌아가는 칼날이 눈 깜짝할 사이에 닭들의 모가지를 끊어놓는다고 했다. 대가리가 잘려나간 모가지에서 피가 솟구친다고 했다. 닭들의 잘린 대가리들은 한꺼번에 모아져 분쇄기에 넣고 갈린다고 했다. 눈깔과 주둥이와 대가리에 박힌 뼈들이 모래처럼 갈릴 때까지 분쇄기는 멈추지 않고 돌아간다고 했다.

도축업자들은 대가리가 없는 닭들이 도축장에 빼곡하게 들어차 있는 광경을 머릿속으로 그렸다. 춤을 추듯 고무장화 신은 발을 쿵, 쿵, 쿵 굴렀다. 대가리가 없는 닭들을 도축하는 것도 나쁘지 않을 것 같았다. 도축업자들은 도축장에서 대가리가 없는 닭들을 기다렸다. 한 트럭 분량의, 대가리가 없는 닭들이 축복처럼 도축장으로 쏟아져 들어오기를 바랐다.

철문으로 닭들이 쏟아져 들어왔다.

도축업자들은 도축장에 바글바글 들어찬, 대가리가 온전하게 붙어 있는 닭들의 개수를 셌다. 한 마리, 두 마리, 세 마리, 다섯 마리, 여섯 마리…… 닭들의 개수를 세다가 말고 닭을 한 마리씩 우악스럽게 움켜잡았다. 콘크리트 벽을 향해 닭을 집어던졌다. 고무장화 밑바닥의 빗살무늬가 닳고 닳도록 닭의 날개와 대가리를 짓뭉갰다.

"내일은 우리들에게."

"대가리가 없는 닭들을!"

도축업자들은 바닥에 죽어 널브러져 있는 닭들의 날개들마다 고무장화 밑바닥의 빗살무늬를 박아넣었다.

운이 좋게도, 도축업자들은 닭을 한 마리 훔쳤다. 도축업자들은 간혹 자신들이 도축한 닭을 한 마리씩 훔치곤 했다. 숙소로 가져가, 닭의 피가 마르고 마르기를 기다렸다가 살을 발라 먹었다. 짓무르도록 익은 소낭과 허파와 심장과 십이지장과 이자와 간과 모래주머니와 맹장과 창자와 난소와 신장을 어그적어그적 씹어 먹었다. 늑골에 달라붙은 살점들을 혀로 날름날름 발라 먹었다. 닭의 깃털들과 뼈들과 발톱들과 대가리를 저수지에 버렸다.

도축업자들은 훔친 닭을 고무장화 속에 숨겨가지고 도축장을 나왔다. 산란장과 부화장을 지나쳐 저수지 쪽으로 내려갔다. 저수지의 검푸른 물에 닭을 담그고 깃털을 뽑았다. 모기떼가 피 냄새를 맡고 몰려왔다. 털을 벗겨낸 닭의 몸뚱이에 까맣게 달라붙었다. 앞치마와 고무장화와 붉은 고무장갑에 덕지덕지 묻은 피를 씻었다. 닭을 거꾸로 들고 마을로 내려갔다.

 닭 농장에서 마을로 가는 길에는 저수지뿐만 아니라 군부대와 교회가 있었다. 군인들은 총부리를 앞세우고 닭 농장으로 내려오고는 했다. 닭 농장에서는 그때마다 군인들에게 닭과 달걀을 베풀어주기도 했다. 군인들은 저수지 주변의 풀숲에 장작불을 피워놓고 닭을 구워 먹으며 소주를 마셨다. 언젠가는 탈영병이 닭 농장에 숨어든 일이 있었다. 탈영병을 적발해낸 것은, 한 트럭 분량의 닭, 닭들이었다. 도축업자들이 콘크리트 벽으로 닭들을 던지고, 고무장화 신은 발로 닭들을 짓밟는 동안 탈영병은 모서리에 처박혀 벌벌 떨었다. 한 마리의 닭도 숨이 남아 있지 않게 되었을 때 탈영병은 오줌을 싸질렀다. 닭들이 흘린 피에 탈영병의 오줌이 섞여들었다. 도축업자들은 교회를 찾아가 저녁 예배를 보고 오기도 했다. 앞치마에 두 손을 경건하게 모으고 기도를 했다. 모가지가 없는 닭들을 생각했다. 도축업자들은 어느 날인가는 교회에서 키우는 닭들의 모가지를 모조리 분질러놓기도 했다. 닭은 모두 열두 마리였다. 도축업자들은 사이좋게 닭을 여섯 마리씩 나누어 모가지를 분질러버렸다.

도축업자들은 마을의 하나밖에 없는 상회에 들러 닭을 팔았다. 소주 두 병과 담배 한 갑과 소시지 한 봉지와 바꾸었다.

6

"닭들이 오지 않는군."
"그러게 닭들이 오지 않아."
닭들이 오지 않았다. 도축업자들은 도축장에 우두커니 서서 닭들을 기다렸다. 한 트럭 분량의 닭들을 도축할 수 있는 만큼의 시간이 지나갔다. 도축업자들은 콘크리트 벽에 등을 기대고 앉았다. 닭들을 기다렸다. 또다시 한 트럭 분량의 닭들을 도축할 수 있는 만큼의 시간이 지나갔다. 도축업자들은 고무장화를 벗었다. 고무장화 밑바닥에 새겨진 빗살무늬를 뚫어져라 바라보았다. 도축업자들이 바라는 것이 있다면, 빗살무늬가 식칼의 날처럼 선명하고 촘촘하게 찍힌 새 고무장화를 한 켤레 갖는 것이었다.

도축업자들은 고무장화를 벗어 콘크리트 벽을 향해 집어 던졌다. 도축업자들은 서로의 목을 향해, 붉은 고무장갑을 낀 손을 내뻗었다. 닭의 모가지를 비틀듯 서로의 목을 비틀었다. 도축업자들의 누렇던 낯이 청동빛으로 변했다. 도축업자들은 벗어던진 고무장화를 챙겨 신고 도축장을 나왔다.

이튿날에도 닭들은 오지 않았다. 도축업자들은 도축장에서 닭들을 기다리다가 숙소로 돌아갔다. 그날, 닭 농장에서 인부들에게 삶은 달걀을 한 봉지씩 나누어주었다. 도축업자들은 숙소에서 티브이를 보며 질리도록 달걀을 까먹었다. 껍데기를 깐 달걀을 통째로 삼켰다.

"그게 뭐지?"

"병아리군."

도축업자들은 반쯤 뭉개진 껍데기 속에 웅크리고 있는 병아리를 물끄러미 바라보았다. 눈동자가 미처 부화하지 못한 병아리였다. 도축업자가 입을 그악스럽게 벌리고 병아리를 냉큼 집어넣었다. 도축업자들은 달걀을 질리도록 까먹다가, 노른자가 덕지덕지 낀 이빨을 드러내고 잠이 들었다.

"닭들이 오지 않는군."

"그러게 닭들이 오시 않아."

닭들이 오지 않은 지 아흐레째 되는 날 군인들이 도축장으로 몰려왔다. 군인들은 총부리를 앞세우고 저수지와 닭 농장 일대를 수색하다가 돌아가고는 했다. 군인들은 산란장과 부화장과 양계장을 수색했다. 닭들과 달걀들을 얻어 가지고 군부대로 올라갔다. 군인들은 도축장으로 들이닥치거나 하지는 않았다.

"닭들이 오지 않는군."
"그러게 닭들이 오지 않아."

7

"오늘은 4천 마리라고 하더군."
"한 봉지마다 100마리씩!"
　도축업자들은 하룻날에 5천 마리나 4천 마리의 수평아리들을 비닐 팩에 몰아넣고 압착시켜 죽음에 이르게 하는 것도 나쁘지 않을 것 같았다. 한 트럭 분량의 닭들을 도축하듯, 수만 마리의 수평아리들을 비닐 팩에 넣어 질식사시키는 것도. 아니면, 마을의 늙은 여자들 속에서 병아리들의 부리를 자르는 것도 나쁘지 않을 것 같았다. 뜨겁게 달궈진 펜치로 병아리의 부리를 단번에 잘라버리는 것이다.

"빗살무늬가 다 닳았어."

"고무장화를 새것으로 바꾸어달라고 해야겠군."

도축업자들은 고무장화의 밑바닥을 서로의 이마에 들이댔다. 밑바닥은 닳고 닳아 빗살무늬의 흔적만 남아 있었다.

4천 마리의 수평아리들은 100마리씩, 40개의 무리로 나누어져 비닐 팩에 넣어졌다. 날갯죽지나 심장에 부리를 박고 질식해 죽었다. 비닐 팩들은 마을 사람들 모르게 저수지에 버려졌다. 저수지에 서식하고 있는 자라들이 비닐 팩들에 몰려들었다. 가늘게 튀어나온 주둥이로 비닐 팩들을 물어뜯었다. 비닐 팩들이 찢어지며, 그 안에서 질식해 죽어 있던 수평아리들이 수면 위로 떠올랐다.

8

일요일에 도축업자들은 교회를 찾아갔다. 한 무리의 군인들이 포로들처럼 예배당에 우글우글 모여 있었다. 도축업자들은 닭 농장에서 훔쳐온 달걀 열 알을 헌금으로 냈다.

"닭 농장에서는 6일 동안 1만 2천 마리의 병아리가 부화

했지요."

"그중에 7천 마리는 수평아리랍니다."

도축업자들은 찬송가를 부르듯 중얼거렸다. 군인들이 일제히 고개를 돌려 도축업자들을 뚫어져라 바라보았다.

"수평아리를 처분하는 것도 나쁘지 않을 것 같아요."

"하룻날에 4천 마리나, 5천 마리의 수평아리라면!"

도축업자들은 기도를 드리듯 중얼거렸다. 예배가 끝나고 교회에서 끓여준 라면을 얻어먹었다.

도축업자들은 닭 농장으로 돌아가는 길에, 저수지의 수면 위에 떠 있는 수평아리들을 보았다. 물살이 번져나갈 때마다 수평아리들이 비상할 듯 다급하게 날갯짓을 해댔다. 외지에서 찾아온 낚시꾼들이 수평아리들을 건져 올리고 있었다.

9

닭들이 오지 않은 지 스무 날이 지났다. 도축업자들은 하루도 빠지지 않고 도축장을 찾았다. 도축장에 암흑이 들어찰 때까지 오지 않는 닭들을 기다렸다. 도축업자들이 하룻날에 힘써 다 하여야 할 일은, 한 트럭 분량의 닭들을 도축하는 것밖에 없었다.

도축업자들은 날이 밝자마자 도축장으로 갔다. 서너 발짝의 거리를 두고 우두커니 서서 닭들을 기다렸다. 도축장 콘크리트 바닥으로 드리워진 도축장의 그림자가 가장 뭉뚝해졌을 즈음, 트럭이 도축장을 향해 달려오는 소리가 들렸다.

"닭들이 오는군."

"축복을 받은 날이야."

도축업자들은 고무장화 신은 발을 쿵, 쿵, 쿵 굴렀다.

"새 장화로 바꾸었기 때문일 거야."

"새 장화로 바꾸기를 잘했어."

고무장화는 여태껏 도축업자들이 신었던 그 어떤 고무장화보다도 빗살무늬가 굵고 깊이 새겨져 있었다. 빗살무늬 한 줄 한 줄은 흡사 식칼의 벼려진 날과도 같았다.

드디어, 철문이 덜컥 열렸다. 닭들이 철문으로 재앙처럼 쏟아져 들어왔다. 도축장은 순식간에 닭들로 바글거렸다. 도축업자들은 목을 기역 자로 꺾으며 넘쳐나는 닭들을 바라보았다. 거품이 끓듯, 도축장은 닭들로 끓어넘치고 있었다. 한 트럭 분량의 닭들일 것이었다. 언제나 한 트럭 분량의 닭들이었다.

"부리가 없군."

"부리가 없어!"

닭들은 하나같이 부리가 뭉뚝하게 잘려 있었다.

"부리 따위는!"

도축업자들은 동시에, 심드렁한 표정을 지으며 소리 질렀다. 어차피 닭들의 대가리는 잘려 분쇄기에 넣고 으깨질 것이었다.

도축업자들은 서로를 향해 고개를 끄덕여 보였다. 동시에, 고무장화 신은 발을 허공으로 들어올렸다.

도축업자들은 닭들을 콘크리트 벽으로 집어던지거나, 붉은 고무장갑을 낀 손으로 우악스럽게 닭들의 날개를 찢어발기거나 하지는 않았다. 고무장화를 신은 발을 내리쳐 닭들의 대가리와 모가지와 날개를 짓밟았다. 무참히 짓뭉개버렸다. 한 마리의 닭도 빠짐없이. 빗살무늬가 어서어서 닳고 닳기를 바라며.

10

느닷없이 철문이 열렸다. 도축업자들의 검은자위가 철문

을 뚫어져라 응시했다. 도축업자들이 닭들을 도축하는 동안 철문은 굳게 닫혀 있었다. 한 트럭 분량의 닭들 중 단 한 마리의 닭도 숨이 남아 있지 않을 때까지. 철문은 결코 열리지 않았다. 도축장에는 아직 숨이 끊어지지 않은 닭들이 태반이었다. 철문으로 총부리가 넘어왔다. 도축업자들의 입이 쩍 벌어졌다. 총부리는 도축업자들 중 한 명의 심장을 겨누고 있었다. 닭들의 피가 난무처럼 번진 방수포의 한 지점을 정확하게 겨냥하고 있었다. 도축업자의 고무장화를 신은 발은 허공으로 띄워져 있었다. 미처 숨이 끊어지지 않은 닭들의 대가리들이 일제히 철문 쪽을 향했다. 닭들이 철문 쪽으로 콕콕콕콕 소리를 지르며 몰려갔다. 닭들은 뭉툭한 부리로 서로의 날개를 마구 쪼았다. 철문을 뛰어넘으려고 미친 듯이 날갯짓을 했다. 총부리가 철문을 넘어왔다. 총부리를 앞세운 군인들이 차례를 지어 일사불란하게 철문을 넘어왔다.

군인들은 칠통을 치듯 콘크리트 벽들을 따라 빙 둘러섰다. 군인들은 머리에 철모를 쓰고, 군장을 매고 있었다. 굵고 넓적한 광대뼈에는 검은 칠들을 하고 있었다. 입과 턱을 방진 마스크로 가리고 있었다. 군화들에 닭의 대가리와 모가지와 날개와 터진 내장이 밟혔다.

"전쟁터가 따로 없군!"

군인들 중 누군가 소리쳤다. 군인들은 공포와 혐오가 가득한 눈빛들로 처참하게 널브러져 있는 닭들을 바라보았다. 일자로 다물어진 입을 일그러뜨리며 키득키득 웃기도 했다. 총부리들은 도축업자들의 심장을 향해 있었다.

"닭들을 수거해갈 것입니다."

군인들 중 누군가 말했다.

"한 마리의 닭도 빠짐없이!"

도축업자들의 고무장화를 신은 발은 여전히 허공으로 띄워져 있었다.

"저희는 닭들을 도축할 뿐입지요."

"그럼은요, 저희는 기도를 드리듯 찬송가를 부르듯 닭들을 도축할 뿐입지요."

군인들이 한 발짝만큼 더 거리를 좁혀 도축업자들을 포위했다.

"전염병에 노출된 닭들입니다."

"전염병이라니요?"

도축업자들이 서로를 바라보며 동시에, 중얼거렸다.

"치명적인 조류 전염병에 노출된 닭들입니다."

"모르겠습니다. 저희는 닭들을 도축할 뿐입지요."

"닭들은 한 마리도 빠짐없이 수거되어 모조리 불태워질 것입니다."

"저희는 닭들을 도축할 뿐입지요."

"하룻날에 한 트럭 분량의 닭들만요."

군인들은 총부리를 앞세워 도축업자들을 도축장 밖으로 추방했다. 닭들을 싣고 온 트럭은 가버리고 없었다. 군인들이 철문 밖으로 닭들을 내던졌다. 숨이 끊어진 닭들도 빠짐없이 도축장 밖으로 내던졌다. 도축장에서 열 발짝 떨어진 곳에서는 군인들이 삽으로 부지런히 구덩이를 파고 있었다. 도축업자들은 도축장을 등지고 쪼그려 앉아 휘파람을 불었다.

군인들이 차례를 지어 일사불란하게 철문을 넘어왔다.

어느새 방공호 같은 구덩이가 파졌다. 군인들은 닭들을 구덩이에 마구 던져넣었다. 닭들이 흙과 함께 구덩이 속으로 미끄러져 들어갔다. 군인들은 한 드럼의 석유를 구덩이에 뿌렸다. 구덩이에서 불길이 치솟았다. 검은 연기가 솟구치며 닭들이 마구 타들어갔다. 불길이 가라앉은 뒤에도 검은 연기는 한참이나 피어올랐다. 보건소의 방역 오토바이가 도축장을 향해 달려왔다. 도축장에 안개 같은 소독약을 분사했다. 도축업자들에게도 소독약을 분사했다. 도축업자들은 고무장화 신은 발을 쿵, 쿵, 쿵, 굴리며 시시덕거렸다. 방역 오토바이는 도축장을 끼고 돌다가 닭 농장 일대에 소독약을 사정없이 분사하고 저수지로 내려갔다. 저수지와 교회와 군부대에도 소독약을 분사했다.

사흘 전 마을에서는 열두 살 먹은 소년이 죽었다. 소년은 닭을 먹고 난 뒤부터 고열과 기침, 구토와 설사, 고열에 시달렸다. 마을 보건소에서는 사인을 조류 전염병으로 밝혔다. 소년이 먹은 닭은 하필 닭 농장에서 키우던 닭으로 밝혀졌다. 보건소에서는 즉각 닭 농장에 주민들의 접근 금지 명령을 내렸다. 닭 농장에서 사방 1킬로미터 이내의 구역이 접근 경계 구역으로 선포되었다. 저수지와 교회와 군부대도 접근 경계 구역 내에 있었다. 외지인들은 접근 경계 구역에 접근할 수 없었다. 터키와 중국에서 닭들이 전염병으로 떼죽음을 당하고 있었다. 무려 천 마리가 넘는 숫자의 닭들이 한꺼번에 똑같은 증상을 보이다가 폐사했다고 했다. 마케도니아와 크로아티아에서도 가금류가 잇따라 집단 폐사하고 있다고 했다. 보건소는 닭 농장의 모든 닭들과 달걀들과 병아리들의 폐기 처분을 명령했다. 도축업자들을 포함한 닭 농장의 인부들은 조류 전염병 보균자로 선언되었다.

군부대의 군인들이 기민하게 동원되었다. 군인들이 닭 농장을 점령했다. 총부리를 앞세워 삼엄하게 경비를 섰다.

 닭 농장의 달걀들은 한꺼번에 폐기 처분되었다. 무려 1,035개의 달걀들이 한꺼번에 흙구덩이에 파묻혔다. 1,134마리의 닭들도 철망에서 꺼내져 흙구덩이에 파묻혔다. 이미 부리가 잘렸거나, 부리가 잘리기를 기다리던 병아리들도 한꺼번에 흙구덩이에 파묻혔다. 닭들을 넣어서 키우던 철망들마다 소독약을 분사했다.

 닭 농장에 접근 금지가 내려진 지 3일째 되던 날, 닭 농장의 인부 두 명이 사라졌다. 파키스탄 출신의 남자들이었다. 그들은 새벽 군인들의 경계가 흐려진 틈을 타 닭 농장을 빠져나갔다. 무사히 마을을 벗어났다.

 군인들은 도축장도 점령했다.

 도축업자들은 이른 새벽 고무장화를 신고 도축장으로 향했다. 군인들이 총부리를 들이댔다. 총부리는 도축업자들의 심장을 정확히 겨누고 있었다.

 "저희는 닭들을 도축할 뿐입지요."

 "하룻날에 한 트럭 분량의 닭들만요."

 도축업자들이 동시에, 고무장화 신은 발을 쿵, 쿵, 쿵 구르며 말했다.

총부리가 허공으로 들어 올려졌다.

도축업자들은 도축장 밖에서 닭들을 기다렸다.

"닭들이 오지 않는군."

"닭들이 오지 않아."

도축업자들은 고무장화 밑바닥의 빗살무늬를 들여다보았다. 붉은 고무장갑을 낀 손으로 서로의 목을 졸랐다.

11

도축업자들은 군인들의 경비가 흐려진 틈을 타 도축장에 숨어들었다. 한밤중의 도축장은 괴괴한 분위기로 넘쳐났다. 콘크리트 벽들마다 모가지나 날개나 다리가 부러진 닭들이 매달려 있는 것만 같았다. 도축업자들은 닭들을 도축할 때처럼 검정색 고무장화에 파란색 방수포를 두르고 있었다. 손에는 붉은 고무장갑을 끼고 있었다. 도축장에 푸르스름한 새벽빛이 스며들었다. 도축업자들은 닭들을 기다렸다. 도축장에 햇빛이 환하게 들어차도록 닭들이 오지 않았다.

"닭들이 오지 않는군."

"닭들이 오지 않아."

도축업자들은 붉은 고무장갑을 낀 손으로 서로의 목을 조르다가 도축장을 빠져나갔다.

마을에서는 또 한 명의 소년이 죽었다. 며칠 전에 죽은 소년의 형이었다. 그 소년도 닭을 먹은 것으로 밝혀졌다. 소년은 죽은 동생처럼 고열과 기침, 구토와 설사, 고열에 시달리다가 숨이 끊어졌다. 죽은 두 소년의 부모는 보건소의 구급차에 실려 병원으로 수송되었다. 죽은 두 소년의 부모는 철저하게 격리, 수용될 것이라고 했다. 소년이 죽던 날, 중국의 한 닭 농장에서는 1,347마리의 닭들이 폐사했다. 마을 사람들은 마을 회관에 모여 티브이를 보다가 1,347마리에 달하는 닭들의 폐사 소식을 전해들었다.

마을에는 닭 농장에 관한 온갖 괴괴한 소문이 떠돌았다. 닭들에게 공급된 모이에 대량의 치명적인 살포제와 항생제가 섞여 있다는 소문도 있었고, 닭들의 사육 공간이 겨우 가로 12×세로 18센티미터의 철망이라는 소문도 있었다. 닭들이 산 채로 분쇄기에 넣고 갈려 식품 업체에 납품된다는 소문도 떠돌았다. 도축장에 관한 소문들도 떠돌았다. 감옥처럼 콘크리트 벽들로 둘러싸인 도축장에서 닭들을 닥치는 대로 무자비하게 짓밟아 죽인다는 소문이었다. 병들어 폐사한 닭들이 산더미처럼 쌓인 채 악취를 풍기며 썩어가고 있다는 소문도 있었다. 저수지 바닥에 잘린 병아리들의 부리들이 켜켜이 쌓여 있다는 소문도 떠돌았다.

마을 이장은 닭 농장을 때려 부수고, 불태워버려야 한다고 주장했다. 마을 사람들이 굴삭기를 앞세워 닭 농장으로 몰려왔다. 병아리들의 부리를 자르고 닭과 달걀을 얻어가던 늙은 여자들도 마을 사람들 틈에 있었다. 굴삭기는 당장이라도 산란장을 향해 돌진할 기세였다. 군인들이 총부리를 앞세워 굴삭기를 저지했다. 마을 사람들과 굴삭기를 마을로 내려보냈다. 교회의 늙은 목사는 마을에 퍼진 조류 전염병이 절대자의 저주이자 증거이자 종말에 대한 예언이라고 했다. 늙은 목사는 뼈와 살이 바짝 마르도록 금식을 하며 마을을 위해 기도했다. 펜치로 병아리의 부리를 자르던 늙은 여자들도 밤을 새워 기도를 했다. 펜치로 병아리의 부리를 뚝뚝 끊을 때처럼 열과 성의를 다했다.

12

괴괴히 넘쳐나는 소문들에도 불구하고, 마을에서는 단 두 명의 소년 외에 추가 사망자가 발생하지 않았다. 죽은 두 소년의 부모는 조류 전염병을 의심할 만한 뚜렷한 증상을 보이지 않았다. 소년들의 어머니가 보이던 설사 증세는 일시적인 것으로 밝혀졌다. 보건소는 의료 당국의 발 빠른 조치와 군인들의 긴밀한 협조가 조류 전염병의 확산을 조기에 막았다고 밝혔다. 닭 농장과 관련해 마을에 떠돌던 소문들은 잠잠해졌다. 닭 농장에 파견된 군인들은 한없이 무료해했다. 군인들은 닭들을 가두어 키우던 철망에 자신들의 머리를 집어넣고 미친 듯이 비명을 지르며 무료함을 달랬다. 군인들의 경비가 해이해진 틈을 타 인부들이 하나 둘 닭 농장을 빠져나갔다. 도축업자들은 닭 농장을 떠나지 않았다. 하루도 거르지 않고 날이 밝자마자 도축장으로 향했다. 도축장에 어둠이 들어찰 때까지 닭들을 기다리다가 숙소로 돌아갔다.

도축업자들이 한 무리의 병아리를 발견한 곳은 저수지 풀숲에서였다. 도축업자들은 교회에 다녀오는 길이었다. 병아리들은 비닐 팩에 넣어져 젖은 풀숲에 버려져 있었다. 병아리는 모두 쉰여섯 마리였다. 석고처럼 딱딱하게 굳어 있어야 할 병아리들이 꿈틀거리며 신음하듯 울부짖고 있었다. 주둥이를 발악적으로 벌리고 딱딱하게 굳어버린 병아리들도 있었다. 도축업자들은 비닐 팩에 나 있는 구멍을 발견했다. 구멍은 엄지손가락이 드나들 수 있을 만큼의 크기였다. 도축업자들은 죽은 병아리들을 골라내 저수지에 띄웠다. 쉰 마리의 숨이 끊어지지 않은 병아리들은 고무장화 속에 숨겨가지고 숙소로 돌아왔다.

군인들이 미혹에 찬 눈초리로 도축업자들을 쏘아보았다.

"저희들은 닭들을 도축할 뿐입지요."

"하룻날에 한 트럭 분량의 닭들만!"

도축업자들은 군인들을 지나쳐 숙소로 갔다. 옷가지를 넣어두는 녹슨 캐비닛 속에 병아리들을 가두었다.

늦은 밤, 도축업자들은 군인들이 잠들기를 기다려 연탄에 불을 피웠다. 새빨간 불길을 날름날름 내뿜는 구멍에 펜치의 날을 집어넣었다. 펜치의 날을 불그스름해질 때까지 달궜다. 병아리의 부리로 펜치를 가져갔다. 펜치의 양날로 부리를 그러쥐었다. 발악적으로 벌어지려는 부리를 조였다. 잘린 부리가 허공으로 튀었다.

"병아리의 부리를 자르는 것도 나쁘지 않을 것 같군."

"나쁘지 않아!"

부리가 잘려나가는 순간, 병아리는 눈알을 희멀겋게 까뒤집으며 기절했다. 10여 초가 지나자 날개를 퍼덕거리며 깨어났다. 도축업자들은 한 마리의 병아리도 빠뜨리지 않고 부리를 잘라버렸다. 도축업자들은 마을에서 노란 좁쌀을 훔쳐다가 병아리들에게 먹였다. 병아리들은 뭉툭하게 잘린 부리로 좁쌀을 쪼아 먹었다.

13

 닭 농장과 마을에 내려졌던 격리와 통제는 해제되었다. 소년들이 닭을 먹고 죽은 지 석 달 만이었다. 닭 농장에 파견된 군인들은 철수했다. 군인들은 일사불란하게 군부대로 복귀했다. 보건소의 방역 오토바이가 요란하게 달려와 닭 농장에 소독약을 분사했다. 방역 오토바이는 도축장에 유독 많은 양의 소독약을 분사했다. 안개처럼 뭉게뭉게 피어오르는 소독약 때문에 도축장은 마치 중세의 버려진 성(城)처럼 보였다. 도축업자들은 고무장화 신은 발을 쿵쿵 구르며 중세의 기사들처럼 도축장을 걸어다녔다. 허리에 두른 파란 방수포는 쇠사슬로 짠 갑옷처럼 보였다.
 격리와 통제는 해제되었지만, 닭 농장에는 단 한 마리의 닭도 온전하게 살아남아 있지 않았다. 미처 도망치지 못한 인부들은 서둘러 닭 농장을 떠났다. 그들은 세계 곳곳에서

창궐하는 전염병으로부터 살아남은 닭 농장을 찾아갈 거라고 했다. 중국 북동부 랴오닝 성의 닭 농장을 찾아갈 거라는 인부도 있었다. 닭 농장에는 도축업자들밖에 남지 않았다. 수평아리들을 질식시켜 죽이는 데 쓰이던 비닐 팩들이 닭 농장 여기저기 죽은 새처럼 널려 있었다. 철망들은 거미와 쥐들의 서식처가 되었다. 분쇄기는 녹을 먼지처럼 날렸다.

도축업자들이 저수지에서 발견한 병아리들은 날개가 자라고 불그스름한 벼슬이 삐죽삐죽 돋아나 있었다. 병아리들은 닭으로 변화하는 중에 있었다. 도축업자들은 양계장의 철망 칸칸마다에 병아리들을 한 마리씩 집어넣었다. 잘린 병아리의 부리가 가득 들어 있는 자루를 찾아냈다. 부리를 분쇄기에 넣고 갈았다. 아침과 저녁마다 병아리들에게 일용할 양식으로 주었다.

철망에 넣어진 지 정확하게 60일이 되던 날, 닭들은 한 마리도 빠짐없이 철망에서 꺼내졌다. 닭들은 철망에서 겨우 모가지밖에는 움직일 수 없을 만큼 살과 뼈가 불어나 있었다. 도축업자들은 닭들을 도축장으로 몰았다. 한 마리도 빠짐없이 도축장에 몰아넣고 철문을 닫았다. 닭들을 살피는 도축업자들의 흰자위가 백야처럼 빛났다. 도축업자들은 붉은 고무장갑을 낀 손으로 닭들의 모가지를 분질러 숨을 끊어놓았다. 고무장화 신은 발로 닭들의 날개를 짓쩧었다. 고무장화 밑바닥의 빗살무늬가 닳고 닳을 때까지.

14

　도축업자들이 고무장화를 새것으로 바꾸던 날, 양계장과 산란장의 철망 칸칸마다 병아리들이 들었다. 부화장에서는 수천 개의 달걀들이 부화하고 있었다. 백내장을 앓는 눈동자처럼 희붐한 불빛이 한 개의 달걀도 빼놓지 않고 비추고 있었다. 이른 새벽, 마을 여자들은 승합차를 타고 닭 농장으로 왔다. 마을 여자들은 날이 어둑해질 때까지 뜨겁게 달궈진 펜치로 병아리들의 부리를 잘랐다.
　"오늘은 4천 마리라고 하더군."
　"한 봉지마다 100마리씩!"
　수평아리들은 비닐 팩에 넣어져 저수지에 버려졌다. 자라들이 비닐 팩마다 몰려들었다. 입을 송곳처럼 뾰족이 오므리고 비닐 팩을 찢었다. 질식해 죽은 병아리들이 쏟아져 나왔다. 병아리들은 수면 위로 떠올라 저수지를 온통 뒤덮었다.

15

"닭들이 오는군."

"닭들이 와."

도축업자들은 고무장화 신은 발을 쿵, 쿵, 쿵 굴렀다. 괴악스레 벌어진 철문으로 닭들이 축복처럼 쏟아져 들어왔다.

오직, 한 트럭 분량의 닭들이라고 했다.

쌀과 소금

1

 살과 피를 말려 죽이시다.

 흑염소 떼가 몰려오듯 어둠이 마루 문턱을 타고 넘어왔다. 노파는 마루 문턱 바로 앞에 무릎을 꿇고 앉아 있었다. 노파는 눈썹을 치뜨고 마루 문턱을 노려보았다. 흑염소 떼를 쫓듯 휘휘 팔을 내저었다.

 노파는 오리나무 목침을 두 발로 밟고 올라섰다. 천장으로 팔을 뻗었다. 거미줄처럼 내려와 있는 붉은 줄을 잡아당겼다. 천장의 형광등이 켜지며 구리 가루 같은 빛이 쏟아졌다.

 사발 속 염색약은 곤약처럼 굳어 있었다. 노파는 목에 시

퍼런 핏발이 서도록 혀에 침을 모았다. 노파의 오므려진 입 주변으로 주름들이 번졌다. 혀에 모은 침을 사발에 뱉었다. 누르스름한 침이 염색약에 끈적하게 달라붙었다. 노파는 막숟가락으로 찬찬히 염색약을 갰다. 막숟가락에 선명하게 새겨놓았을 복(福) 자는 흐려져 있었다. 침에 거품이 일며 염색약이 묽게 풀어졌다.

 노파는 벽에서 거울을 떼어냈다. 벽면에 거울을 비스듬히 세웠다. 쪽을 찐 머리를 풀었다. 실타래가 풀리듯 머리가 풀어졌다. 노파는 손가락으로 머리를 가지런히 고르며 거울에 바짝 붙어 앉았다. 염색약을 빗에 묻혀 머리를 빗어내렸다.

 노파는 녹색 보자기로 머리를 감쌌다. 녹색 보자기에서는 매운 냄새가 났다. 붉은 고추를 널어 말리던 보자기였다. 빨랫비누질을 해서 햇볕에 널었는데도 매운 기가 가시지 않았다.

 노파가 나가자 거울이 백내장을 앓는 눈동자처럼 흐려졌다. 형광등 불빛을 타고 거미가 내려왔다.

 부엌은 재래식을 입식으로 개조한 것이었다. 벽에는 싱크대 대신 낡은 찬장이 걸려 있었고 바닥에는 노란 장판이 깔려 있었다. 항아리 두 개가 짐승처럼 부엌 한구석에 웅크리고 앉아 있었다. 쌀 항아리와 소금 항아리였다.

노파는 허리를 구부려 소금 항아리를 열었다. 소금 항아리 그득 소금이 들어 있었다. 노파는 조기를 박아넣듯 손을 소금 속으로 밀어넣었다. 소금을 한 주먹 움켜쥐었다. 손가락들을 벌려 소금을 흘려보냈다. 노파는 찬장을 바라보며 소금을 움켜쥐고 흘려보내기를 여러 번 반복했다.

노파가 소금을 들여놓은 것은 열흘 전이었다. 노파는 소금 장수를 시켜 소금 항아리를 소금으로 그득 채웠다. 소금 장수는 소금 한 가마니를 짊어지고 와 소금 항아리를 채웠다.

소금을 들여놓기 전날 밤 노파는 꿈을 꾸었다. 소금 항아리가 바닥까지 깨끗하게 비어 있는 꿈이었다. 소금이 한 알도 남아 있지 않았다. 머리를 칠흑처럼 검게 염색한 늙은 여자가 나타나 노파에게 말했다.

"소금 항아리를 팔아요."

그 말에 노파는 매운 생마늘 한 쪽을 품고 있는 듯 가슴이 쓰라렸다.

"그래요. 소금이 다 마르면 소금 항아리를 가져가세요."

"소금이 다 마르는 날 소금 항아리를 가지러 올게요."

노파는 거울을 들여다보는 것처럼 늙은 여자가 자신과 닮았다는 생각을 했다.

쌀과 소금

노파는 꿈에서 깨어나 부엌으로 갔다 소금 항아리 앞에 한참을 웅크리고 앉아 있었다. 노파는 비록 꿈속에서였지만 선뜻 소금 항아리를 내준다고 한 것이 아무래도 마음에 걸렸다. 소금 항아리에는 반 되가량의 소금밖에 남아 있지 않았다.

노파는 소금을 한 주먹 움켜쥐었다. 소금을 움켜쥐지 않은 손으로 소금 항아리의 뚜껑을 닫았다. 소금 항아리 앞에 무릎을 꿇고 앉았다. 노파는 소금 항아리를 향해 목을 길게 늘어뜨리고 있다가 손을 펼쳤다. 손바닥 잔금들을 따라 소금길이 명줄처럼 나 있었다. 노파는 혀를 내밀어 소금을 핥았다. 손바닥에 난 소금길을 핥았다. 혀가 훑고 지나간 자리마다 소금길이 지워졌다.

노파는 혀가 아니라 소금에 삭은 황석어 한 마리를 입에 물고 있는 것만 같았다. 노파는 수돗물을 한 사발 받아 여러 모금에 나누어 마셨다.

세숫대야에 수돗물을 받아 머리를 헹구었다. 염색약이 빠지며 검은 물이 머리에서 흘렀다. 검은 물이 맑아질 때까지 노파는 머리를 헹구었다. 노파의 목과 귀, 이마에도 검버섯이 번진 듯 검은 물이 들어 있었다. 노파는 마른 수건으로 머리를 훔쳤다. 선풍기 바람을 쐬며 머리가 마를 때까지 빗질을 했다. 가르마가 선명하게 보이도록 머리를 두 쪽으로 갈랐다. 머리를 뒤로 모아서 쪽을 쪘다.

까마귀 한 마리가 머리 위에 내려앉아 있는 것 같았다.

노파는 혀를 차다가 거울 밖으로 나갔다.

노파는 흰 가제 손수건에 비누를 묻혀 이마와 귀, 목에 든 검은 염색약 물을 꼼꼼하게 훔쳤다.

노파는 수돗물을 한 사발 더 받아 여러 모금에 나누어 마셨다.

노파는 쌀 항아리를 열었다. 쌀 항아리 그득 쌀이 들어 있었다. 노파가 쌀을 들여놓은 것은 소금을 들여놓은 이튿날이었다. 노파는 쌀을 가마니로 들여 쌀 항아리를 채웠다. 쌀 항아리가 비면 비는 만큼 되로 팔다가 채웠다.

쌀을 들여놓기 전날 밤 노파는 꿈을 꾸었다. 머리를 칠흑처럼 검게 염색한 늙은 여자가 나타나 노파에게 말했다.

"쌀 항아리를 팔아요."

그 말에 노파는 매운 생마늘 한 쪽을 품고 있는 듯 가슴이 쓰라렸다. 늙은 여자는 소금 항아리를 팔라고 했던 여자와 닮아 있었다.

"그래요. 쌀이 다 마르면 항아리를 가져가세요."
"쌀이 다 마르는 날 쌀 항아리를 가지러 올게요."

꿈에서 깨어난 뒤 노파는 부엌으로 갔다 쌀 항아리 옆에 한참을 웅크리고 앉아 있었다. 노파는 비록 꿈속에서였지만 선뜻 쌀 항아리를 내준다고 한 것이 아무래도 마음에 걸렸다. 쌀 항아리에는 한 되가량의 쌀밖에 남아 있지 않았다.

노파는 쌀을 한 주먹 움켜쥐었다. 쌀 항아리 앞에 무릎을 꿇고 앉았다. 쌀 몇 알을 입속에 털어 넣었다. 어금니로 쌀알을 우물우물 씹었다. 으깨진 쌀알을 식도로 넘겼다.

……살을 말려 죽이시다.

노파는 두 손을 그러잡았다.

……피를 말려 죽이시다.

2

노파는 첫째 자매가 죽던 날을 떠올렸다. 자매는 갈까마귀가 떼 지어 날아다니는 서남쪽의 도시에 살고 있었다. 자매가 40년째 살고 있는 집에서 멀지 않은 곳에는 무덤이 보름달처럼 솟아 있고 돌거북이 살고 있었다. 오른쪽 귀가 멀어버린 자매는 밤마다 돌거북의 울음소리를 듣는다고 했다. 푸르스름한 이끼가 잔뜩 낀 돌멩이를 토하듯, 돌거북이 밤새 운다고 했다. 돌멩이가 데굴데굴 굴러와 자매의 들리지 않는 오른쪽 귀를 틀어막는다고 했다. 자매는 목청이 좋았다. 돌거북의 울음소리가 잦아든 새벽이면 자매는 다래나무 줄기 같은 목을 늘어뜨리고 소리를 했다. 오른쪽 귓구멍 속에 박힌 돌멩이들을 토했다.

죽기 닷새 전 자매는 집 안에 장롱을 들여놓았다. 오동나무로 짠 여덟 자 장롱이었다. 소금 천 자루와 쌀 백 가마의 값을 주고 자매는 장롱을 맞추었다. 오동나무 장롱을 들이던 날 밤 자매는 숨을 놓았다. 자매는 오동나무 장롱 옆에 시체로 누워 있었다. 오동나무 장롱에는 자매가 새로 해 넣은 차렵이불이 들어 있었다. 차렵이불은 소나무 숲 속 화장터에서 불태워졌다. 노파는 오동나무 장롱이 열리고 소금 자루를 짊어진 사내가 걸어나오는 환영을 보았다.

오동나무 장롱 속에서 돌거북이 울었다. 노파는 오동나무 장롱을 활짝 열었다. 오동나무 장롱에서 돌거북이 기어나왔다. 돌거북은 자매가 누워 있던 자리에 한참을 웅크리고 앉아 있다가 방문턱을 타고 넘어갔다. 소나무 숲 속의 보름달처럼 솟아 있는 무덤을 찾아갔다.

노파는 둘째 자매가 죽던 날을 떠올렸다. 자매의 죽음은 비와 바람과 번개와 먹구름을 몰고 왔다. 배 밭에서 배들이 떨어지고 천(川)가 무덤들이 흙탕물에 떠내려갔다. 새들의 억센 날개가 젖었다. 노쇠한 나무들의 뿌리가 뽑히고 전봇대가 넘어졌다. 먹구름이 온 천지를 뒤덮었다. 번개가 쳤다. 닭과 돼지들이 산 채로 흙구덩이에 묻혔다.

자매는 오래전부터 시체가 되어서야 나올 수 있는 수녀원에 살고 있었다. 수녀원에 들어간 지 40년째가 되던 해의 어느 날, 자매는 수녀원을 나왔다. 자매는 자궁을 들어내는 수술을 받았다. 자궁을 들어낸 자리가 아문 뒤 자매는 다시 수녀원으로 들어갔다. 자매가 수녀원으로 돌아가던 날 아침 노파는 자매에게 먹일 흰 쌀죽을 쑤었다. 생쌀을 한 주먹 씻어 물에 불린 뒤 마늘 찧는 절구에 넣고 찧었다. 생쌀 한 주먹에 물 한 바가지를 넣고 끓였다. 소금을 뿌렸다. 부추를 한 주먹 뜯어 잘게 채를 썰어 넣었다. 자매는 성호를 그은 뒤 노파가 떠 넣어주는 쌀죽을 순하게 받아 먹었다. 수녀원으로 돌아간 자매는 살쾡이를 한 마리 키운다고 했다.

그로부터 10년이 지나, 자매는 시체가 되어서 수녀원을 나왔다.

자매가 죽던 날 새벽, 노파는 부엌에 나와 흰 쌀죽을 쑤었다. 새벽하늘에 마른번개가 쳤다. 노파는 복 자가 새겨진 숟가락으로 흰 쌀죽을 떠먹었다. 흰 쌀죽을 떠먹는 동안 살쾡이가 혓바닥을 내밀어 생쌀을 핥는 환영에 시달렸다. 살쾡이는 노파의 꿈에까지 나타났다. 노파가 쌀 항아리의 뚜껑을 열자 살쾡이가 튀어나왔다. 쌀이 그득 채워져 있던 항아리 바닥에는 쥐의 대가리가 고추장에 절인 고깃덩이처럼 피범벅이 되어서 놓여 있었다.

자매를 묻고 돌아온 날 노파는 쌀 한 가마니를 사다가 쌀 항아리를 그득 채웠다. 마른입 속으로 쌀 한 줌을 넣었다.

노파는 셋째 자매가 죽던 날을 떠올렸다. 자매는 음력 이월마다 동백이 피처럼 맺히는 섬에서 살았다. 열여덟 살에 섬으로 들어가 딸 넷을 낳고 아들 둘을 낳았다. 딸 넷 중한 아이는 언청이였다. 자식을 낳을 때마다 자매는 탯줄을 잘라 바다에 버렸다. 자매의 딸들과 아들들은 장성해 섬을 떠났다. 자매는 섬에서 미역과 김을 말리며 살았다.

자매가 죽던 날 섬으로 나 있는 온 뱃길이 막혔다. 노파는 죽지 않은 자매들과 섬 밖 허름한 여관에서 뱃길이 뚫리기를 빌었다. 자매가 죽은 지 나흘 만에 뱃길이 뚫렸다. 노파는 나흘 내내 먹은 옥돔을 배 위에서 토했다. 한 자매가 노파에게 생쌀 몇 알을 쥐어주었다. 노파는 썩은 어금니로 생쌀을 씹으며 배가 어서 섬에 닿기를 빌었다.

노파는 자매의 죽은 얼굴을 보지 못했다.

섬을 나올 때 노파와 자매들의 짐 가방에는 미역과 김이 들어 있었다.

정월마다 세번째 자매는 노파와 자매들에게 미역과 김을 부쳐왔다. 노파는 보답으로 쌀 한 가마니를 부쳤다. 쌀 한 가마니를 배에 실어 보낼 때마다 노파는 배가 뒤집혀 쌀들이 바다에 어지럽게 흩어지는 환영에 시달렸다.

노파는 넷째 자매가 죽던 날을 떠올렸다. 자매는 무청처럼 비쩍 말라 죽었다. 자매의 남편 되는 자는 금산(錦山)에서 사당을 지키며 흑염소를 기르고 살았다. 잔칫집과 초상집을 돌아다니며 돼지와 소를 잡아주기도 했다. 돼지를 잡아주고 간과 살덩이와 비곗덩어리를 얻어왔다. 소를 잡아주고 우랑(牛囊)과 살덩이를 얻어왔다. 자매는 콩기름에 돼지 간을 부치고 된장국에 비계를 넣어 끓였다. 우랑을 방적사로 꿰어 처마에 매달았다. 허물어진 잇몸으로 비계를 녹여 먹었다. 자매는 깻잎과 고추를 기르고 산에서 버섯과 취나물을 뜯었다. 흑염소들이 사당을 뛰어다니며 까만 똥을 누었다. 자매는 산에서 내려와 까만 똥을 태웠다. 검은 연기가 피어올라 마을로 퍼졌다.

자매는 고추와 버섯과 취나물을 마당에 널어놓고 죽었다. 노파가 죽은 자매를 보러 갔을 때 자매의 집 처마에는 우렁이 매달려 있었다. 쇠파리들이 우렁에 까맣게 달라붙어 있었다. 흑염소들이 뛰어다녔다. 노파는 손을 내저어 파리를 쫓았다. 노파와 아직 죽지 않은 자매들이 네번째 자매의 죽음을 슬퍼하는 동안 자매의 남편 되는 자는 흑염소를 몰고 사당으로 올라갔다.

노파는 자매를 무덤에 묻는 것을 지켜보지 못하고 돌아왔다. 노파는 자매가 사당 한쪽에서 흑염소처럼 까만 똥을 누고 있을 것만 같았다. 노파는 다섯째였다.

노파는 여섯째 자매가 죽던 날을 떠올렸다. 자매는 인물이 좋았다. 젊어서는 춤추는 사람이 되고 싶어 했지만 천기(天機)를 타고나지 못했다. 춤을 추다가 의과 대학까지 나온 남자를 만나서 결혼했다. 여사 소리를 들어가며 빈곤함을 모르고 살았다. 해마다 소파를 바꾸고 충정로의 단골 양장점에서 옷을 맞춰 입었다. 의사인 남편에게 못 배웠다고 괄시를 받을까 봐 피아노도 배우고 꽃꽂이도 배우고 영어도 배웠다. 자매는 1970년대에 벌써 유럽 여행을 다녀오기도 했다. 일본의 북해도에도 다녀오고 북경에도 다녀왔다. 자매의 두 아들도 의과 대학을 나와 의사가 되었다. 딸은 고등학교 선생이 되었다. 자매가 결혼할 때 노파는 남편 모르게 쌀 한 가마를 팔아 화장대를 사주었다. 부잣집으로 시집을 가는 경우여서 자매들이 무리를 했다.

죽기 얼마 전 자매는 노파를 찾아왔다. 자매는 노파에게 찾아올 때마다 유행이 지난 옷들을 가져다주었다. 그날도 자매는 흰 모직으로 만든 원피스를 노파에게 가져다주었다. 노파는 자매가 가져다준 옷들의 품을 넓혀 외출복으로 입었다. 딸을 시집보낸 뒤로 자매는 자주 노파를 찾아왔다. 여느 날처럼 무심히 찾아온 자매가 노파에게 말했다.

"언니, 나는 얼마 안 있어 죽을 거예요."

자매는 춤추는 사람으로 살지 못한 것을 한탄했다.

"죽어서도 한이 될 거예요."

춤추는 사람으로 살지 못한 것을 한탄하면 노(盧)박사와 자식들이 그녀를 깔본다고 했다. 자매는 젊어서부터 그녀의 남편을 노박사라고 불렀다. 아들들이 의사가 된 뒤에는 아들들도 노박사라고 불렀다. 자매는 노파보다 어렸다. 자매는 양장점에서 새로 맞춘 비로드 투피스를 입고 있었다. 자매는 먼지가 비로드 투피스에 묻는 것이 두려워 방석을 얌전하게 깔고 앉아 있었다. 노파는 자매의 말을 건성으로 들었다.

"네가 배부른 소리를 하는구나."

자매는 고생을 안 해서 엄살이 심했다.

"언니, 내가 죽으면 춤을 추는 사람으로 살다가 가지 못한 것을 슬퍼해주어요."

자매는 저 혼자 슬픔에 겨워 눈물을 훔치다가 돌아갔다. 얼마 뒤 자매의 부고가 날아들었다. 노파는 자매에게 따뜻한 밥을 지어 먹이지 못한 것을 후회했다.

노파는 자매가 춤을 추는 사람으로 살다가 가지 못한 것을 슬퍼해주었다. 자매가 결혼할 때 쌀 한 가마니를 더 보태 장롱을 짜주지 못한 것을 한탄했다.

3

낮에 노파의 집에는 일곱째 자매가 다녀갔다. 자매는 버스로 한 시간 거리에서 살고 있었다. 자매는 계절이 뒤바뀔

때마다 미국제 커피나 화장품을 가지고 노파를 찾아왔다. 오래전부터 위장병을 앓아온 자매는 자홍색 목도리로 목을 친친 감고 왔다. 목도리를 풀자 핏발이 선 목이 드러났다. 자매는 열여덟 살에 선미복장학원을 다니며 바느질을 배웠다. 학원에서 배운 바느질 솜씨로 삯바느질을 해 먹고살았다. 인사동과 종로의 한복집을 돌아다니며 삯바느질을 해 무능한 남편과 아들 셋을 먹여 살렸다. 한복을 한 벌 지어주고 쌀 반 가마니도 받고 한 가마니도 받았다. 아들 셋 다 끼니마다 먹성이 좋아 밥을 두세 그릇씩 비웠다.

"명순 언니, 살과 피를 말려서 죽이신대요."

노파는 물끄러미 자매를 바라보며 웃었다.

"언니, 생각해보아요. 살과 피가 마르는 고통이 얼마나 크겠어요. 불에 조금만 데어도 얼마나 아픈데……"

노파는 살과 피가 마르는 고통을 생각했다.

"큰언니도 봐요. 큰언니도 죽을 때 살과 피를 말려서 죽이셨잖아요. 둘째 언니 말가리다 수녀님도 보아요. 수녀원에서 시체가 되어서 나왔을 때 살과 피가 말라서 뼈밖에 안 남은 몰골이었잖아요. 혼이 떠났다 해도 어디 사람 몰골이었어요. 기도로 평생을 살아온 분이신데."

자매가 한숨을 쉬며 고개를 저었다.

"셋째가 직장을 그만두었다지 뭐예요. 자존심 때문이에요. 나지도 못해놓고 자존심만 세요. 자존심 때문에 직장에서 버텨날 수가 없는 거예요. 셋째가 내 근기(根氣)를 닮았으면 좀 좋아요. 사내놈한테 바느질을 가르칠 수도 없고. 셋째는 내가 바늘과 실을 놓으면 입에 풀칠도 못하고 살 비렁뱅이 팔자예요."

노파는 밥을 새로 짓고 가자미를 구워 자매에게 먹였다. 자매는 오이 장아찌와 가자미를 반찬으로 밥 한 공기를 비웠다. 아귀가 들어앉아 있는 것처럼 자매는 늘 허기져 보였다.

"밥을 얻어먹었으니 밥값은 하고 가야지요."

자매는 실과 바늘을 찾았다. 노파가 한사코 거절하는데도 노파의 터진 치맛단을 기어이 꿰매주었다.

"일곱째야, 내가 귀한 것을 보여줄까?"

"귀한 거요? 금두꺼비라도 보여주려고요?"

노파는 자매를 부엌으로 데려갔다. 쌀 항아리와 소금 항아리의 뚜껑을 열고 그득 쌓인 쌀과 소금을 보여주었다.

"어머나 재미있어라. 언니가 귀하다고 한 게 쌀과 소금이었어요?"

자매는 환하게 웃었다.

"하긴 쌀과 소금이 오죽 귀해요."

자매는 쌀 한 주먹을 움켜쥐었다가 놓았다.

"소금이 참으로 곱네. 어쩜 이렇게 고울까. 반짝반짝 빛이 나는 것 좀 봐."

자매는 손가락으로 소금을 찍어 혀에 가져갔다.

"언니는 배가 부르겠어요. 쌀과 소금이 이리도 풍성하니. 내 집 쌀 항아리와 소금 항아리는 바닥이 보이는데 말이에요."

노파는 물끄러미 자매를 바라보며 웃었다.

노파는 자매에게 꿈 얘기를 해주었다.

"언니는 요상한 꿈도 잘 꾸어요. 참, 내 정신 좀 보아요. 언니 주려고 미국제 염색약을 덜어왔는데 도로 가져갈 뻔했어요. 미국에 있는 며늘아기가 보내왔어요. 며늘아기는 온다 온다 말만 앵무새처럼 하고 이런 것만 보내오지 뭐예요. 내가 죽어서나 들어오려나."

자매는 흰 편지 봉투에 정성껏 싼 염색약을 꺼내놓았다.

"머리가 칠흑처럼 검어진대요. 늙어서 머리가 세는 게 자연 이치지마는 백설기처럼 희어도 보기 흉해요. 머리가 너무 검어도 보기 흉하기는 하지만요. 머리라도 칠흑처럼 검었으면 싶을 때가 있잖아요."

자매는 목침을 베고 누워 흥얼흥얼 콧노래를 부르다가

이내 곯아떨어졌다. 노파는 곤하게 잠든 자매를 물끄러미 바라보며 살과 피가 마르는 고통을 생각했다. 자매의 살과 피가 말라가고 있는 것이 훤히 보였다.

 노파는 일곱째 자매에게 쌀 두 되를 빚지고 있었다. 몇십 년도 더 전에 자매는 삯바느질을 해서 번 돈으로 노파에게 쌀 두 되를 팔아주었다.

 노파는 쌀 두 되에 한 되를 더 보태 자매에게 들려 보냈다.

 자매가 가고 한 식경쯤 지나 가스 검침원이 다녀갔다. 가스 검침원은 보일러의 연통을 교체해야 한다는 주의를 주고 돌아갔다. 노파는 우체국에 나가 수도세와 전기세를 내고 연금을 수령했다. 시장에 들러 고등어 두 손과 배추 한 다발과 돼지 목살 한 근을 샀다.

4

 ……살과 피를 말려 죽이시다.

 노파는 집 안을 돌아다니며 거울의 개수를 셌다. 마루에 한 개, 안방 화장대에 한 개, 세면실에 한 개, 화장대 서랍 속에 넣어둔 손거울 한 개. 거울은 네 개였다. 노파는 화장대 거울 앞에 무릎을 꿇고 앉아 있다가 빗의 개수를 세었다. 빗의 개수도 네 개였다. 노파는 빗마다 엉켜 있는 머리카락들을 떼어내고 마른걸레로 묵은 때를 훔쳤다. 빗마다 검은 염색약 물이 들어 있었다. 노파는 네 개의 빗을 노란 고무줄로 묶었다.

 노파는 누런 개도 키워보고 고양이도 키워봤다. 까만 닭과 백설기처럼 흰 토끼도 키워봤다. 새장을 사다가 문조도 키워봤다. 개는 1년여를 키우다가 남에게 주어버렸다. 노파가 키우기에는 개가 사나웠다. 이웃 여자가 놀러 왔는데 발뒤꿈치를 물고 죽어도 놓지 않았다. 이웃 여자는 개에게 발뒤꿈치가 물린 채 골목 밖까지 걸어갔다. 이웃 여자는 퉁퉁 부은 발뒤꿈치를 어루만지며 한탄을 했다. 무슨 팔자가 개든 사내든 자신을 한번 물면 죽어도 놓아주지 않는다고. 이웃 여자는 시장에서 배추를 팔며 주사가 심한 남편과 살고 있었다. 고양이는 발정이 나서 집을 나가버렸다. 닭과 토끼는 시댁 남자들이 잡아먹었다. 까만 닭을 양은 세숫대야에 집어넣고 깃털을 뽑던 시댁 남자들이 노파는 귀신처럼 느껴졌었다. 문조는 키우는 재미가 있었다. 어느 날 자고 일어났더니 두 발과 대가리, 깃털밖에 남아 있지 않았다. 쥐가 잡아먹은 것이었다. 노파는 송아지도 키워보고 싶었지만 엄두를 내지 못했다. 문조가 날아다니던 새장에는 대가 부러지거나 찢어진 우산들이 들어 있었다.

노파는 마당으로 나와 창고로 갔다. 새장을 꺼내왔다. 새장을 마당 빨랫줄에 걸었다. 새장에 있던 우산들을 꺼내 펼쳤다. 우산들을 빨랫줄에 걸었다. 흡사 박쥐들이 매달려 있는 것만 같았다.

노파는 마당을 가로질러 가 대문에 걸어둔 빗장을 풀었다. 대문을 열었다. 누런 개가 국자만 한 꼬리를 흔들며 들어왔다. 고양이가 어린 고양이들을 여섯 마리나 거느리고 들어왔다. 까만 닭이 모가지를 꺾으며 걸어왔다. 흰 토끼가 깡충깡충 뛰어왔다. 문조의 울음소리가 마당에 울렸다. 새장 속 횃대 위에 문조가 앉아 있었다.

"찌요 찌요 찌찌찌찌 찌요찌요찌요."

"커웅컹 컹컹 커으응."

"꼬끼오 꼭 꼬끼오 <u>꼬꼬꼬꼬꼬꼬</u>."

가축들의 울음소리가 먹물을 풀어놓는 듯한 마당에 울렸다. 노파는 대문을 닫고 빗장을 걸었다.

노파는 부엌으로 들어가 찌그러진 양푼에 밥 한 주걱과 된장국물을 떠 넣고 비볐다. 대문 앞에 양푼을 놓아두었다. 대가리를 쳐낸 고등어 한 덩어리를 어둑한 담 밑에 던져주었다. 좁쌀 한 주먹을 새장에 넣어주었다. 전날 시장에서 사온 배춧잎을 뜯어 마당 곳곳에 놓아주었다. 누런 개가 양푼을 핥았다. 고양이들이 고등어에 달려들어 살점을 물어뜯었다. 흰 토끼가 배춧잎을 갉아 먹었다. 문조가 좁쌀을 먹었다.

전화기가 울렸다. 노파는 마루로 올라가 전화를 받았다. 낮에 다녀갔던 자매였다.

"언니, 내가 잠을 깨웠나 봐요."

"옥순아, 개가 돌아왔다. 고양이하고 닭하고 토끼하고 문조도 돌아왔구나."

"언니, 무슨 말이에요?"

"개가 돌아왔단다. 고양이하고 닭하고 토끼하고 문조도 돌아왔단다."

"문조라니요?"

"내가 오래전에 문조를 한 마리 키웠지 않니?"

"명순 언니, 언니가 언제 문조를 키웠다고 그래요."

"내가 문조를 키웠었다."

"언니는 새를 싫어라 하잖아요."

"문조를 키웠다는데도 자꾸 그러는구나."

"언니가 정말로 문조를 다 키웠었어요?"

"그래 내가 문조를 키웠었다. 30년도 더 전에 문조를 키웠었다. 큰애를 시집보내고 허전해서 키웠는데 어느 날 일어나 보니 쥐가 잡아먹었지 않았겠니. 그런데 문조가 돌아왔구나."

"명순 언니, 문조를 쥐가 잡아먹었는데 어떻게 돌아와요."

"그러게 문조가 돌아왔다. 개도 돌아오고 고양이도 새끼들을 낳아서 돌아오고 흰 토끼도 돌아왔다."

"아이고 정신없어라. 언니 개는 뭐고, 고양이는 뭐고, 흰 토끼는 다 뭐예요. 명순 언니, 또 꿈을 꿨나 봐요. 언니가 어려서부터 요상한 꿈을 잘 꾸잖아요."

"내가 그것들을 제대로 못 거두었었다. 내가 각박해서 그것들도 각박하게 죽거나 버려졌다."

"언니, 염색은 했어요?"

"그래그래, 머리가 칠흑처럼 검어졌다. 까마귀 한 마리가 앉아 있는 것 같단다."

"에그그, 까마귀가 다 뭐예요. 내가 들여주고 올걸. 죽은 듯이 자느라고 시간 가는 줄도 몰랐네."

전화를 끊고 노파는 마당을 내다보다가 부엌으로 갔다. 쌀 항아리와 소금 항아리를 열었다. 노파는 꿈에 나타나 쌀 항아리와 소금 항아리를 팔라고 했던 늙은 여자의 모습이 떠올랐다. 꿈속 늙은 여자는 첫번째 자매 같기도, 두번째 자매 같기도, 세번째 자매 같기도 했다. 네번째와 여섯번째 자매 같기도 했다.

노파는 허기가 졌다. 노파는 전기 보온 밥솥에 남아 있는 밥을 긁어 보리차에 말아 먹었다. 쌀을 씻어 밥을 새로 안쳤다. 감자와 두부와 무를 썰어 넣고 된장국을 한 솥 끓였다. 마당으로 나가 된장 항아리와 고추장 항아리, 간장 항아리도 다독였다.

노파는 남편이 죽던 날을 떠올렸다. 남편이 죽기 얼마 전 적도(赤道)에서 멀지 않은 나라에 지진이 일어나 가옥들이 무너져 내렸다. 남편은 목구멍으로 밥알을 못 넘기면서도 지진으로 무너진 가옥들을 걱정하다가 숨을 거두었다. 가옥을 잃으면 목숨을 잃는다고 생각하는 이였다. 평생을 가옥 한 채로 만족하고 사는 이였다.

5

노파는 입을 벌리고 소금을 한 숟가락 털어 넣었다. 소금이 녹아 혀와 어금니들에 스며드는 동안 노파는 퀭한 눈을 치뜨고 허공을 뚫어지게 응시했다.

 마당 빨랫줄에 널어놓은 검은 우산들이 박쥐들처럼 날아올랐다. 누런 개가 제 꼬리를 물고 원을 그리며 돌았다. 문조가 새장을 미친 듯이 날아다니며 요란하게 울었다. 까만 닭이 장독 위에 앉아 모가지를 비틀었다. 흰 토끼가 마당에 구덩이를 팠다. 고양이들이 부엌으로 몰려 들어갔다.

 노파는 부엌으로 들어가 고양이들을 쫓았다. 솥에 물을 받아 데웠다.

 무병(無病)한 육신. 구십 평생 병을 실어보지 않은 육신이었다. 눈도 멀지 않고 귀도 멀지 않았다. 혀도 미각을 놓지 않았다.

 노파는 미지근하게 데워진 물을 세숫대야에 퍼담았다. 노파는 놋기명을 씻듯 몸을 씻었다. 뭉그러진 가랑이도 씻었다. 다른 이의 몸을 씻기는 듯 거북하고 부끄러운 기분이 들었다.

 까만 닭이 부엌으로 뛰어 들어오더니 푸드더 날갯짓을 해 소금 항아리 위에 내려앉았다. 소금 항아리 위에서 모가지를 비틀었다. 노파는 팔을 휘저어 까만 닭을 쫓았다. 까만 닭이 푸드덕 날갯짓을 해 쌀 항아리로 옮겨 앉았다. 쌀 항아리 위에서 모가지를 비틀었다. 노파는 팔을 휘저어 까만 닭을 내쫓았다. 고양이들이 줄을 지어 들어왔다. 고양이들은 발톱을 세우며 소금 항아리와 쌀 항아리 위로 올라갔다. 쌀 항아리 위에서 밀려난 까만 닭이 꼬꼬꼬꼬 울며 찬장 위로 올라갔다. 누런 개가 어슬렁거리며 들어와 혓바닥으로 소금 항아리와 쌀 항아리를 핥았다. 까만 닭이 푸드덕 날아올라 누런 개에게 달려들었다. 누런 개의 한쪽 눈동자를 부리로 쪼았다. 누런 개가 까만 닭의 모가지를 물었다. 노파는 벽에서 국자를 내려 고양이들을 쫓았다. 까만 닭과 누런 개를 내쫓았다. 부엌 문턱에서 까만 닭이 모가지를 꺾고 죽었다. 고양이들이 꼬리를 세우며 울었다. 누런 개가 노파의 오른쪽 발뒤꿈치를 물었다. 노파는 국자를 휘저으며 부엌 문턱을 넘어갔다. 누런 개가 노파의 오른쪽 발뒤꿈치를 문 채 질질 따라왔다.

새장에 쥐가 달라붙어 문조의 다리를 뜯어 먹고 있었다.

노파는 국자로 새장을 내리쳐 쥐를 쫓았다. 문조는 대가리만 남은 채 눈을 치뜨고 있었다.

노파는 까만 닭의 날개에 소금을 한 주먹 뿌렸다. 새장 속 문조의 대가리에도 소금을 한 주먹 뿌렸다. 누런 개에게 생쌀을 한 주먹 던져주었다. 고양이들이 담을 타 넘어갔다. 흰 토끼가 구덩이 속으로 들어가 시체처럼 웅크리고 누웠다. 노파는 국자로 흙을 떠 구덩이를 메웠다. 풀 먹인 이불을 밟듯 발로 차근차근 밟았다.
 ……망측한 것들! 귀신이 되어서 해코지를 하려고 나를 찾아온 거야.
 노파는 국자로 누런 개의 머리를 내리쳤다. 누런 개가 꼬리를 다리 사이에 감추며 마루 밑으로 숨어들었다. 고양이들과 흰 토끼도 마루 밑으로 숨어들었다.

6

 대문이 저절로 열리고 첫째 자매가 들어왔다. 그 뒤를 따라 둘째 자매가 들어왔다. 셋째 자매와 넷째 자매와 여섯째 자매가 차례로 들어왔다. 자매들은 칠흑 같은 머리를 허리까지 기르고 그믐달 모양의 눈썹과 두툼한 입술을 하고 있었다. 해산한 여자들처럼 허벅지와 젖이 부풀어 있었다. 자매들은 부엌으로 몰려 들어갔다. 첫째 자매가 냉장고에서 부추와 고추를 꺼내 다듬었다. 둘째 자매가 한 포대의 밀가루를 물에 풀었다. 셋째 자매가 부추와 고추를 씻어 도마에 놓고 식칼로 듬성듬성 썰었다. 넷째 자매가 밀가루 반죽에 부추와 고추를 넣고 섞었다. 노파가 소금 항아리를 열고 소금을 한 주먹 꺼냈다. 밀가루 반죽에 소금을 뿌려 넣었다.

자매들은 검은 프라이팬을 가운데 두고 둘러앉았다. 노파가 제사 음식을 만들 때마다 꺼내 쓰는 프라이팬이었다. 자매들은 검은 프라이팬에 기름을 둘렀다. 기름 타는 냄새가 부엌과 마당에 번졌다. 자매들은 국자로 밀가루 반죽을 떠 넣고 보름달처럼 둥근 부침개를 부쳤다. 노릇하게 구워진 부침개를 대나무 채반에 받쳤다. 수십 장의 부침개가 대나무 채반에 받쳐졌다.

자매들은 대나무 채반을 가운데 두고 둘러앉았다. 손으로 전을 뜯어 먹었다.

"일곱째가 없어서 서운하구나."

"일곱째가 재주가 많아서 고달프게 살아요."

"밤낮으로 바느질을 하느라 눈도 멀고 위장병도 얻었잖아요."

"우리 중 팔자는 여섯째가 가장 좋아요."

"추고 싶은 춤도 못 추고 살았는걸요."

"춤을 추고 살았으면 네 팔자가 일곱째 팔자보다 고달팠을 거다."

"그래그래 여섯째야, 큰언니 말이 맞다. 평생 춤추며 사는 팔자가 어디 보통 팔자겠니."

"큰언니 팔자도 나쁘지는 않았어요."

"그런 말 말아라. 나는 말년에 금지옥엽 같은 자식을 잃었지 않니."

자매들의 손가락과 입술이 기름으로 번들거렸다. 자매들은 부침개를 한 장도 남기지 않고 먹어치웠다.

자매들은 마당으로 나갔다. 마루에 걸터앉아 흥얼흥얼 노래를 부르며 서로의 머리칼을 빗어주다가 대문 밖으로 사라졌다.

얼마 뒤 남편이 걸어 들어왔다. 남편은 안방으로 들어갔다가 나왔다.

"천장을 너무 낮게 지었어."

남편은 땅이 꺼지게 걱정을 했다.

"그렇다고 천장이 무너져 내린 것은 아니잖아요."

남편은 생전에도 천장을 너무 낮게 지었다고 한탄을 했다. 천장이 낮기는 낮아서 장롱을 들일 때 윗부분을 톱으로 잘라내야 했다.

"집은 천장이 높아야 해."

"40년을 살았으면 됐어요."

남편은 천장이 무너지도록 한숨을 쉬고 대문 밖으로 사

쌀과 소금 ••243

라졌다. 마루 밑에 숨어 있던 누런 개와 고양이들과 흰 토끼가 남편을 따라 대문 밖으로 사라졌다.

노파는 대문을 잠갔다. 마루로 올라가 미닫이문을 닫았다. 순례자처럼 마루를 돌다가 안방으로 들어갔다.

7

노파는 화장대 거울 앞에 무릎을 꿇고 앉았다. 면도날로 이마를 다듬었다. 자잘한 머리칼들을 밀었다. 양쪽 귀 부분의 자잘한 머리칼들도 밀어버린 뒤 눈썹을 다듬었다. 오른쪽 눈썹이 왼쪽 눈썹보다 길었다. 노파는 거울을 빤히 들여다보다가 눈썹을 모조리 밀어버렸다. 눈썹 민 자리가 허옇게 빛났다. 노파는 이마와 콧등과 광대뼈와 턱에도 분을 칠했다. 말라 비틀어진 곶감 같은 입술에도 분을 칠했다. 눈썹을 민 자리에도 분을 칠했다. 왼쪽 눈썹이 있던 자리에 검은 연필로 그믐달 모양의 눈썹을 그려넣었다. 오른쪽 눈썹이 있던 자리에도 그믐달 모양의 눈썹을 그려넣었다. 왼쪽 눈썹과 오른쪽 눈썹은 대칭을 이루지 않았다. 오른쪽 눈썹이 왼쪽 눈썹보다 이마 쪽으로 당겨 올라가 있었다. 노파는 흰 가제 손수건에 침을 묻혀 오른쪽 눈썹을 지웠다. 분을 칠하고 검은 연필로 눈썹을 그려넣었다. 왼쪽 눈썹과 오른쪽 눈썹은 대칭을 이루지 않았다. 오른쪽 눈썹이 여전히 왼쪽 눈썹보다 이마 쪽으로 당겨 올라가 있었다. 노파는 흰 가제 손수건에 침을 묻혀 오른쪽 눈썹을 지우고 분을 칠했다. 검은 연필로 눈썹을 그려넣었다. 왼쪽 눈썹과 오른쪽 눈썹이 그제야 대칭이 되었다. 노파는 붉은 루즈로 입술을 칠했다.

노파는 목에도 분을 칠했다.

노파는 무릎을 펴고 일어서서 화장대 거울에서 나갔다. 화장대 거울이 백내장을 앓는 눈동자처럼 흐려졌다.

노파는 장롱을 열고 모직으로 만든 흰 원피스를 꺼냈다. 죽은 여섯째 자매에게서 얻은 옷이었다. 노파는 속옷을 깨끗한 것으로 갈아입고 모직 원피스를 입었다. 흰 양말을 신었다.

8

노파는 마루로 나가 목침을 들고 안방으로 들어갔다. 장롱에서 이불을 꺼내 깔았다. 풀을 빳빳하게 먹인 명주이불이었다. 노파는 머리를 풀었다. 빗으로 머리를 가지런히 빗었다.

노파는 머리를 북쪽으로 하고 목침을 베고 누웠다. 남쪽으로 난 창문이 노파의 발아래에 있었다. 노파는 두 손을 가슴 위에 가지런히 모았다. 솥에서 새어나오듯 뜨겁고 마른 숨을 내쉬었다. 혓바닥과 식도가 탔다. 검은자위가 점점 오그라들더니 실처럼 가느다래졌다.

……살과 피를 말려 죽이시다.

노파는 돌거북의 울음소리를 들었다. 노파의 양쪽 귓구멍에서 이끼 낀 돌맹이들이 굴러나왔다. 마른번개가 쳤다. 살쾡이가 담 위에 올라앉아 눈을 푸르게 빛냈다. 흑염소들이 마당을 뛰어다녔다.

노파의 검게 염색한 머리칼들이 먹물처럼 어둠 속으로 스며들었다. 썩은 어금니들이 흔들렸다. 빨랫비누 같은 손톱과 발톱들이 빠졌다. 식도가 탔다. 심장과 간이 탔다. 팔과 다리와 어깻죽지가 탔다. 자궁이 탔다. 물과 피가 말랐다. 뼈들이 타 들어갔다.

죽은 자매들이 안방으로 들어왔다. 자매들은 노파를 가운데 두고 둘러앉았다. 노래를 부르며 서로의 머리칼을 빗어주었다.

　……쌀과 소금이 말랐으니 항아리들을 가져가요.

　노파의 혀와 어금니들이 타 들어갔다.

트럭

사막 속에 오아시스 놓여 있었더니
물에 비친 모랫길을 제 길인 양
생이 다하도록 잘 걸었다는 낙타
— 천양희의 시 「자화상」 중에서

 아버지가 트럭을 갖게 된 것은, 당신의 나이 마흔두 살이 되어서였다. 장장 9만 5천 킬로미터나 달린, 1톤 중고 트럭이었다. 아버지는 9년의 백수 생활 끝에 분연히 트럭을 한 대 장만했다. 노란색 번호판을 단 영업용 트럭이었다. 비록 하잘것없는 운전 기술이었지만, 아버지가 무엇이라도 '기술'을 가지고 있다는 사실은 자식들에게 이를테면 기적과도 같은 놀라운 일이었다. 1988년도였다. 당시만 해도 운전면허증이 보편화되어 있지 않았다. 트럭은 금방이라도 주저앉을 듯 낡고 곳곳이 부식되어 있었다. 아버지는 트럭으로 이삿짐을 나를 것이라고 했다. 자식들은 아버지의 고백을 시큰둥하게 흘려들었다.

아버지는 한때 중동에 다녀오기도 했다. 아버지는 벌어먹고 살기 위해 중동의 사막으로 떠났다. 아버지의 형제들과 친구들은 벌어먹고 살기 위해 월남의 전쟁터로 가거나 광부가 되어 독일로 떠났으며 중동의 사막으로까지 가야 했다. 아버지는 사막에서 6년을 있었다. 그리고 중동에서 돌아오자마자 백수가 되었다. 아버지는 백수가 되기 위해 그토록 뜨겁고 지루한 사막을 묵묵히 건너온 것만 같았다…… 사막을 건너오는 동안 아버지에게는 식빵과 노른자를 익히지 않은 계란 프라이와 시큼한 녹 맛이 나는 물 한 방울이 위로처럼 주어졌다. 아버지는 백수로 지내는 동안에도 식빵과 계란 프라이로 허기와 막막함을 채우곤 했다. 아버지는 간혹 식빵에 소금과 설탕을 골고루 뿌려 자식들에게 먹이기도 했다. 아버지가 자식들에게 베풀 수 있었던 것은 소금과 설탕을 뿌린 한 장의 식빵! 식빵뿐이었는지도 모르겠다.

아버지는 정말이지 트럭으로 이삿짐을 나르기 시작했다. 장롱과 티브이와 냉장고와 세탁기와 자잘한 살림살이들을 트럭 적재함에 실어 날랐다. 아버지가 트럭을 몰고 나가면, 어머니는 혹시라도 트럭이 도로 한가운데에서 주저앉아버릴까 봐 조마조마했다. 아버지는 자정이 넘은 늦은 시간에도 트럭을 몰고 이삿짐을 나르러 갔다. 피치 못할 사정으로, 남들이 다 잠들기를 기다려 이사를 가야만 하는 사람들이 있었던 것이다. 아버지는 트럭의 전조등을 희미하게 밝히고 그들의 야반도주를 무사히 도왔다. 아버지는 새벽의 고속도로를 총알처럼 내달린 적도 있었다. 어쩌다 죽으라고 이삿짐을 날라주고도 돈 한 푼 못 받아오는 날도 있었다.

아버지는 간혹 트럭 적재함에 가구들을 싣고 돌아오기도 했다. 사람들이 집을 옮기며 버리고 간, 낡고 낡은 가구들이었다. 소파며, 책장이며, 침대며, 책상이며, 서랍장이며, 거울이 아버지의 트럭 적재함에 실려 집으로 왔다. 자식들은 아버지가 주워온 책장에 책들을 꽂고, 아버지가 주워온 책상에 앉아 공부를 했다. 아버지가 주워온 거울을 물끄러미 들여다보며 머리카락을 빗었다. 밤이 되면 아버지가 주워온 침대에 누워 잠을 잤다. 침대는 오래된 것이어서 몸을 뒤척일 때마다 녹슨 스프링이 눌리는 소리가 요란하게 났다. 습도가 높은 날이면 내부에서부터 곰팡이의 균 냄새가 스멀스멀 기어나왔다. 아버지는 항아리와 화분 따위들도 트럭 적재함에 싣고 왔다. 어느 날인가는 아버지의 키보다 훌쩍한 벤자민 화분을 싣고 왔다. 아버지는 자식들을 불러 함께 벤자민 화분을 마당으로 날랐다. 날이 추워지자 벤자민 화분은 마루로 옮겨졌고, 멸치 떼 같은 잎들을 수북하게 틔웠다.

트럭은 이를테면 아버지에게 염소나 소나 낙타 같은 것이지 않았을까. 아버지는 염소나 소나 낙타를 사들이는 심정으로 트럭을 사들인 것은 아니었을까. 폐차될 날만을 기다리는 수많은 중고 트럭들 중에 가장 순하게 구는 트럭을 골라 집까지 끌고 온 것은 아니었을까. 아버지는 밤마다 트럭이 힘센 뿔을 고집스럽게 치켜들고, 검은콩 같은 똥을 무더기무더기 싸지르는 꿈을 꾸었는지도 모르겠다. 아니면 트럭이 단봉낙타처럼 광활하고 쓸쓸한 모래사막을 묵묵히 건너가는 꿈을 꾸었는지도……

아버지의 친구들과 형제들은 대개가 백수들이었다. 그들 중에는 아버지처럼 노동을 구하기 위해 5,6년을 중동에 다녀온 이들도 있었다. 그리고 그들은 아버지처럼 중동에서 돌아온 뒤에는 어김없이 백수가 되었다. 그들은 서로의 담뱃값과 장래와 자식들의 교육을 근심해주었다. 그들은 기껏해야 중학교나 고등학교까지밖에 나오지 않았거나 아예 무학이었지만, 자식들만은 대학교까지 교육시켜야 한다는 소원을 가지고 있었다. 그들은 어떻게든 자식들에게 대학생 신분을 보장해주고 싶어 했다. 그들 중 누군가는 변두리에 슈퍼마켓을 냈고, 누군가는 보일러공이 되었으며, 누군가는 아버지처럼 트럭을 샀다. 그리고 누군가는 알코올 중독자가 되었으며, 누군가는 여전하게 백수였다. 드러내놓고 처자식에게 기대 먹고사는 이도 있었다.

자식들이 나중에야 알게 된 사실이지만, 아버지가 운전 기술을 배운 곳은 군대였다. 아버지는 군대에서 운전병이었다.

아버지가 백수로 지내던 9년 동안, 어머니는 부업으로 혁대를 붙였다. 노란 본드를 혁대의 앞면과 뒷면에 바르고 그 두 면을 붙였다. 어머니는 본드를 바를 때 굳이 숟가락을 사용했다. 사과 잼을 뜨듯 본드를 한 숟가락 떠서 혁대의 앞면과 뒷면에 골고루 펴 발랐다. 어머니는 하루 종일 본드 냄새에 취해 눈동자의 초점이 풀어져 있었다. 종종 환각 상태에 든 듯 알아들을 수 없는 말을 홀로 중얼거리기까지 했다. 자식들은 중학생이거나 초등학생이었다. 자식들은 곧 고등학생이나 중학생이 될 것이었다. 자식들을 대학교에 보내야만 하는 시기가 형벌처럼 기다리고 있었다. 어머니는 밥을 먹으면서도, 티브이 드라마를 보면서도 손으로는 쉬지 않고 혁대를 붙여야 했다. 아버지의 백수 생활이 언제 끝날지 몰랐다. 자식이 셋씩이나 되었다.

 혁대들은 뱀들처럼 집 안 곳곳에 널려 있었다. 안방에서도 마루에서도 자식들의 방에서도 부엌에서도 혁대들이 온통 우글거렸다. 어머니가 혁대를 붙이는 동안 아버지는 죽음처럼 깊은 잠에 들어 있었다. 잠을 자거나 콧속의 길게 자란 털을 자르거나 식빵에 소금과 설탕을 골고루 뿌리는 것밖에는, 아버지가 마땅히 할 일이 없었다. 혁대들은 잠든 아버지의 발 쪽으로 우르르 몰려갔다. 아버지의 발목과 허벅지와 등짝을 친친 휘감아갔다. 겨드랑이와 목까지 휘감아 숨통을 조였다. 아버지는 버둥거리다 단말마 같은 숨을 겨우 토하며 잠에서 깨어났다.

 본드의 독성이 퍼지며 어머니의 손가락들은 푸른빛을 띠기 시작했다. 불모의 기운을 풍기는 푸른빛이었다. 푸른빛에서 점차 검은빛으로 변해갔다. 어머니는 흡사 칡뿌리 같은 손가락들로 쌀알을 씻고 콩나물을 다듬고 고사리를 묻혔다. 밥에서도, 국에서도, 반찬들에서도 역하고 광포한 본드 냄새가 났다.

 아버지가 트럭으로 이삿짐을 날라 돈을 벌게 되었는데도

어머니는 죽으라고 혁대를 붙였다. 검은빛은 어머니의 손가락들뿐만 아니라 손등과 손목으로까지 번졌다. 손목은 금방이라도 썩은 가지처럼 부러질 것만 같았다. 자식들은 어느 날, 어머니가 한 점의 검은빛으로 사라져버릴지도 모른다는 두려움에 떨었다.

"네 아버지가 중동으로 떠난 지도 어느덧 3년이 되어가는구나."

아버지가 트럭을 몰고 오던 날, 어머니는 본드 냄새에 취해 그렇게 중얼거렸다. 자식들 누구도 아버지가 9년 전에 이미 중동에서 돌아왔다는 말을 어머니에게 하지 않았다. 자식들은 다만 아버지의 너무도 길고 길었던 백수 시절이 원망스러울 뿐이었다.

아버지가 트럭으로 이삿짐을 나른 지 석 달여가 지난 어느 날, 집에 널려 있던 혁대들이 감쪽같이 사라지고 없었다. 어머니가 집을 비운 사이에 벌어진 일이었다. 자식들은 혁대들이 뱀들처럼 스멀스멀 기어서 대문 밖으로 사라졌을 것이라고 생각했다. 집에서 멀지 않은 야산으로 기어 올라가 축축한 나무뿌리나 바위 밑에 숨어들었을 것이라고 생각했다. 어머니마저도 그렇게 믿었는지 사라진 혁대들의 행방을 자식들에게 추궁하지 않았다.

"혁대는 이제 그만 붙이련다."

어머니는 깡통 속에 남은 노란 본드를 수돗가 하수구로 흘려버렸다. 그러나 어머니의 손가락 끝에서부터 손목까지 번져간 검은빛은 좀처럼 옅어질 기미를 보이지 않았다.

아버지는 주민등록상의 이름 석 자가 아닌 '57호'로 불렸다. 57은 트럭 번호판의 끝에 붙어 있는 두 숫자였다. 57호 기사님. 집으로 전화를 걸어와 아버지를 찾는 사람들은 아버지를 그렇게 불렀다. 아버지의 이름은 하충구였다. '충' 자는 안타깝게도 충만(充滿)을 뜻할 때의 충 자가 아니라 충성(忠誠)을 뜻할 때의 충 자였다. 아버지에게 넘치도록 충만했던 그 어떤 것이 있었다면 그것은 아마도 사막의 모래뿐이었을 것이다.

아버지는 이삿짐 일거리가 없는 날에는 열심히 트럭을 닦았다. 자신의 몸속 206개나 되는 뼈를 어루만지듯, 트럭의 구석구석을 걸레로 어루만졌다. '내 살 중의 살 내 뼈 중의 뼈'라고 아버지는 중얼거리고 있었는지도 모르겠다. 그리고 보니 자식들은 아버지의 벌거벗은 몸을 바라본 적이 단 한 번도 없었다. 아버지 또한 자식들의 벌거벗은 몸을 바라본 적이 없었다. 아버지는 둘씩이나 되는 아들을 놔두고 혼자서 목욕탕에 다녔다. 아버지는 중동의 사막에 6년을 다녀오고도 자식들 앞에서 늘 죄인처럼 고개를 숙이고 있었다. 트럭을 몰며 죽으라고 이삿짐을 나르면서도 아버지는 죄인이었다.

　트럭으로 이삿짐만을 날라서 먹고살 수는 없는 노릇이었다. 돈 나갈 구멍이 쌔고 쌨다. 아버지는 아침마다 지갑과 잠바 주머니의 돈을 탈탈 털어 자식들 손에 쥐여주었다. 열흘에 한 번꼴로 쌀을 20킬로그램씩 사 날라야 했다. 두부 한 모, 어묵 한 봉지, 소시지 한 줄은 자식들 도시락 반찬통을 채우기에도 모자랐다. 이삿짐 일거리라는 게 비수기에는 열흘이고 보름이고 한 건도 들어오지 않기도 했다. 봄과 가을철 손 없는 날에는 하루에도 서너 건씩 이삿짐 일거리가 들어오기도 했다. 그러나 그렇다고 하루에 몇 탕씩 이삿짐을 나를 수도 없는 노릇이었다. 몇 탕씩 이삿짐을 나르기에는 시간도 시간이었지만, 아버지의 육체가 남아나지 않았다. 짐승처럼 말은 못하지만, 트럭도 엄두가 나지 않았을 것이다. 자식들을 먹이고, 입히고, 가르치기 위해 아버지는 이삿짐이 아닌 것들도 트럭으로 나르기 시작했다. 의자들, 닭들, 배추들, 이불들, 벽돌들, 화분들, 바퀴들……
아버지는 병원의 피 묻은 적출물들을 불법으로 실어 나르기도 했다. 아버지는 새벽 두세 시에도 트럭을 필요로 하는 곳이면 어디든지 달려갔다.

 아버지가 트럭으로 날라야 했던 것들 중에는 하필 모래도 있었다. 하필이면 모래도…… 트럭 적재함 바닥에 비닐하우스용 비닐이 깔렸다. 축복처럼 모래가 쏟아졌다. 모래는 트럭이 금방이라도 그 무게를 견디지 못하고 주저앉아버릴 만큼 쌓였다. 아버지는 자꾸만 욕심을 부렸다. 아버지는 모래를 한 포대는 더 담아도 된다고 우겼다. 한 삽, 한 줌, 한 줌, 한 줌……
 한 줌!
 아버지는 산처럼 쌓인 모래 위에 파란 방수포를 둘렀다. 트럭이 달리는 동안 모래가 한 줌이라도 흘러내리지 않게 하기 위해서였다. 아버지는 욕심껏 퍼 담은 모래를 공사 현장에 무사히 넘겨주어야 했다. 공사 현장은 시속 60킬로미터로 달릴 경우 20분 안팎이면 닿을 수 있는 거리에 있었다. 두 번이나 시동을 꺼트린 뒤에야 트럭이 달리기 시작했다. 한 시간이 지나고 두 시간이 지나도록 아버지의 트럭은 공사 현장에 나타나지 않았다. 아버지는 그대로 트럭에 모래를 싣고 사라져버렸다. 어머니와 자식은 아버지나 트럭보다도 모래를 걱정했다. 만만치 않은 모래 값을 물어주어야 할지도 모르는 상황이었다. 자식들은 아버지가 차라리 중동의 사막으로 가버리기를 바랐다. 자신들이 성장해 집을 떠나는 그날까지 중동에서 돌아오지 않기를 소원했다.

사라진 지 무려 스물다섯 시간이 지나서야 아버지가 트럭을 몰고 공사 현장에 나타났다. 적재함에는 모래가 고스란히 실려 있었다. 아버지는 모래를 공사 현장에 건네주고 집으로 돌아왔다. 아버지는 여느 날처럼 트럭을 대문 앞 골목에 세워두었다. 수돗가에서 손과 발과 목을 씻었다. 돼지고기 김치찌개를 안주로 소주를 마시며 하룻날의 고단을 달랬다.

"트럭에 사막을 싣고 달리는 기분이었다."

소주를 두 병이나 비우고 나서 아버지가 그렇게 중얼거렸다. 아버지의 머리카락에서 모래가 날렸다.

아버지는 무조건 서쪽으로 서쪽으로 내달렸다고 했다. 어찌되었든 서쪽으로 마냥 내달리다 보면 리비아 사막에 닿을 수 있을 것만 같았다고 했다. 아버지는 리비아 사막에 닿으면 방수포를 걷고 모래를 한 줌 한 줌 날려버릴 작정이었다. 그러나 아버지가 여섯 시간을 쉬지 않고 달려 다다른 곳은 변산반도의 기암절벽들과 코발트 빛깔의 바다였다.

아버지는 기암절벽들이 어둠에 무참히 지워지는 것을 망연히 바라보며 담배를 피웠다. 백합죽 한 대접과 소주로 허기를 채웠다. 아버지는 방수포 속으로 기어 들어가 모래 위에 누웠다. 매서운 바닷바람이 불어 방수포가 펄럭거릴 때마다 아버지의 망막으로 밤하늘의 별자리들이 쏟아지듯 들어찼다. 리비아 사막에서 올려다보던 밤하늘의 별자리들과 이상하게도 다르지 않았다. 아버지는 트럭을 뗏목에 싣고 바다로 나가 서쪽으로 떠밀려가는 꿈을 꾸었다. 모래들이 아버지의 귓구멍으로 흘러들었다. 귓구멍을 틀어막아 파도 소리를 침묵에 잠기게 했다.

 딱 한 번, 아버지는 트럭을 몰고 천렵을 다녀온 적이 있었다. 그것은 아버지가 트럭을 몰며 유일무이하게 누린 호사였다. 아침 일찍 이삿짐 일거리가 들어왔지만, 아버지는 단호하게 거절했다. 아버지가 이삿짐 일거리를 마다한 것은 그때가 처음이었다. 어깨가 속절없이 무너져내리고 허리가 끊어지는 한이 있더라도 이삿짐을 한 탕이라도 더 나르려고 애를 쓰던 아버지였다. 큰자식이 고등학교 3학년이었다. 대학교 입학금에 쓸 목돈을 어떻게든 마련해놓아야 했다. 그날 트럭 조수석에는 당숙 어른이 타고 있었다. 당숙 어른은 폐결핵 말기의, 죽을 날짜를 받아놓은 상태였다.

당숙 어른은 마흔 이후부터 죽을 때까지 백수로 지낸 이였다. 당숙 어른은 한때 오로지 먹고살기 위해 월남의 전쟁터로 가려고 했다. 하지만 장손이라는 것 때문에 친척들이 만류하고 나섰다. 중동의 사막으로도 가려고 했지만, 사막조차도 당숙 어른에게 노동의 은혜를 베풀지 않았다. 당숙 어른의 아버지 되는 이는 6·25 전쟁 통에 총탄을 무릅쓰고 북으로 하염없이 걸어 올라갔다. 신원 조회라는 것이 당숙 어른의 두 발을 이 땅에 꽁꽁 묶어두었다. 사막으로도 갈 수 없게 되자 당숙 어른은 백치가 되어버렸다. 몸집이 아이처럼 자그마한 당숙모에게 구구히 명줄을 의지하고 살았다. 아버지는 어머니와 자식들 모르게 당숙 어른에게 담배를 한 보루씩 사다가 넣어주고는 했다. 당숙 어른은 장미를 피웠고, 아버지는 동네 구멍가게에서는 좀처럼 팔지 않는 장미를 사려고 여러 동네를 애써 돌아다녀야 했다.

당숙 어른의 몸뚱이는 흡사 길경이 줄기 같았다.

'이것 보아라, 피와 살을 말려 사람을 죽이시느니라.'

트럭 조수석에 자닝한 모습으로 앉아 있는 당숙 어른의 몸뚱이는 마치 그렇게 이야기하고 있는 것만 같았다.

아버지는 담요로 단단히 당숙 어른의 몸뚱이를 감싼 뒤

안전벨트를 매주었다. 트럭은 당숙 어른을 태우고 죽음에 다다르려는 듯 서둘러 골목을 빠져나갔다. 트럭은 대전 시내를 벗어나 검은 포도밭으로 우거진 산내를 지났다. 마전과 금산을 지나고 무주구천동(茂朱九千洞)을 향해 기세 좋게 달려갔다. 트럭 적재함에는 낚싯대와 양은 냄비와 나무 도마와 식칼, 그리고 고춧가루와 마늘 따위가 든 양념 통들이 실려 있었다. 당숙 어른은 꺼져가는 눈동자를 가까스로 빛내며 트럭 창밖으로 보이는 녹음들을 탐했을 것이다.

금강 상류를 끼고 금산군 부리면을 지날 때, 아버지는 트럭을 시속 130킬로미터까지 몰았다. 시속 130킬로미터는 당숙 어른이 생애 처음이자 마지막으로 맛본 최대의 속도였다. 그리고 그 속도는 당숙 어른에게 광속의 시간보다도 지극히 빨랐을 것이다. 트럭 창밖으로 지나가는 전광석화 같은 찰나들이 그렇게 당숙 어른의 병든 몸뚱이와 구차한 생애를 관통하고 있었다.

아버지는 트럭을 기암과 선경으로 어우러진 계곡 아래쪽에 세웠다. 검고 평평한 바위를 찾아 담요를 깔고, 그 위에 당숙 어른을 앉혔다. 낚싯대를 당숙 어른의 갈퀴 같은 손에 쥐여주었다.

……나제통문, 은구암, 청금대, 와룡대, 학소대, 일사대,

함벽소, 가의암, 추월암, 만조탄, 파회, 수심대, 세심대, 수경대, 월하탄, 인월담, 사자담, 청류동, 비파담, 다연대, 구월담, 금포탄, 호탄암, 청류계, 안심대, 신양담, 명경대, 구천폭포, 백련담, 연화폭포, 이속대, 백련사, 마지막으로 덕유산 정상까지. 구천동에는 그렇게 33경(景)이 있었다. 성불자(成佛子)가 9천 명이나 다녀갔다고 해서 구천동이라는 이름이 생겨났다는 유래가 그곳에는 전해지고 있었다. 아버지는 나직이 33경을 외웠다. 아버지에게 당숙 어른은 9천 명의 성불자들 중 한 명이었다.

당숙 어른은 열나흘 뒤, 한 바가지나 되는 피를 토하고 숨을 거두었다. 피가 분수처럼 넘치고 넘쳐 당숙 어른의 식도를 틀어막았다. 아버지는 당숙 어른의 목구멍에서 기세 좋게 솟구치는 피를 고스란히 맞으며 당숙 어른의 가는 길을 지켜주었다. 그때 당숙 어른이 깔고 누워 있던 이불 밑에는 장미 한 갑이 가제 수건에 둘둘 말려 보물처럼 들어 있었다.

당숙 어른을 땅에 묻고 돌아온 날도 아버지는 이삿짐을 날랐다. 아버지는 트럭 적재함에 이삿짐을 한가득 싣고 마산으로 내달렸다.

아버지는 깊은 밤 홀로 트럭 적재함에 쪼그리고 앉아 있곤 했다. 자식들이 모두 잠든 깊은 밤이었다. 아버지는 대개 내복에 달랑 잠바를 걸친 차림이었다. 중동에 다녀온 뒤로 아버지는 한기에 들린 사람처럼 내복을 껴입고 지냈다. 트럭은 오로지 아버지만을 싣고서 섬처럼 암흑 속을 떠돌았다. 밤하늘의 별들이 트럭을 중심축으로 질서 있게 운행했다. 트럭을 향해 반짝, 단말마의 빛을 발하며 점멸하는 별도 있었다. 아버지는 운행하는 별들을 바라보며 온전히 존재 일반을 꿈꾸었다. 물아일체를 꿈꾸었다. 트럭 적재함은 천 미터 높이의 산 정상처럼 바람이 거셌고 기압이 높았다. 아버지는 귀가 멍멍하고 바람에 코끝이 베이는 듯했다. 아버지는 파란 방수포를 끌어다가 망토처럼 둘렀다. 허연 입김을 탄식처럼 내뿜었다. 친형제보다도 가까웠던 당숙 어른을 땅속에 묻고 돌아온 날 밤에도, 자식들이 어른이 되어 집을 떠나던 날에도, 먼 곳에서 자리를 잡은 자식들이 불행한 소식을 전해오는 날에도, 구리 덩어리처럼 단단하던 어금니를 뽑던 날에도, 이삿짐을 나르다가 거울을 깨던 날에도, 누군가 트럭 바퀴에 못을 박아놓은 날에도, 아버지는 트럭 적재함에 쪼그리고 앉아 홀로 한숨을 삼켰다. 아버지가 삼킨 한숨들은 아버지의 목 안에서 낡은 풍금이 내는 듯한 소리를 냈을 것이다. 식도에서부터 파문이 번지듯 소리가 번져나가며 아버지의 몸이 지진에 휩싸인 듯 흔들렸을 것이다.

 자식들이 쑥쑥 자라는 것처럼 트럭의 주행 거리도 무섭게 불어났다. 트럭이 달린 거리는 21만 킬로미터대를 돌파하고 있었다. 도로에서 검은 연기를 화산처럼 내뿜으며 터져버리지 않는 것이 신기할 정도로 낡아 있었다. 어머니는 허공으로 검은 연기가 피어오르는 것을 볼 때마다 가슴이 철렁 내려앉았다. 어머니는 아버지의 트럭이 퍼진 것이 분명하다고 생각했다. 정말이지 트럭을 바꾸어야 할 때가 되었지만 아버지는 선뜻 트럭을 바꾸지 못하고 있었다. 자식들이 한창 커나가고 있었다. 아버지는 자식들에게 먹을 것과 입을 것과 마실 것을 근근이 대기에도 빠듯했다. 겨우겨우 모아놓은 목돈은 큰자식의 대학 등록금을 대기에도 빠듯했다. 새 트럭을 사려면 빚을 얻든가, 집을 팔아 현금을 마련해야 했다. 빚을 얻을 수도, 그렇다고 집을 팔 수도 없는 노릇이었다. 아버지가 가진 거라고는 변두리 동네에 지어진 집 한 채와 폐차 직전의 트럭뿐이었다. 집은 아버지가 6년 동안 중동 근로자로 일해서 간신히 마련한 것이었다. 더구나 집은 지은 지 20년도 더 되어 벽 곳곳이 갈라지고 문짝과 창문들이 헐어 있었다.

자식들은 하나같이 트럭을 멀리했다. 큰자식이나 가운뎃자식이나 막냇자식이나, 트럭을 창피스러워하고 멀리하기는 마찬가지였다. 트럭은 자식들에게 궁핍과도 같은 것이었다. 자식들은 트럭에 올라타는 것조차 꺼렸다. 혹여라도 멀리서 트럭이 지나가는 것이 보이면 고개를 깊숙이 숙여버렸다. 트럭을 바꾸어야 될 때가 되었다는 것도 자식들은 인식하지 못하고 있었다. 아버지는 트럭을 새것으로 바꾸는 대신에 네 개의 바퀴를 새것으로 갈았다. 그러나 네 개의 바퀴는 늙고 병든 퇴역 장교의 발에 신겨진 새 군화처럼 어딘가 생뚱맞았다.

어느 해의 봄인가 아버지는 유랑객들의 짐들을 트럭에 싣고 전국을 떠돌아다니기도 했다. 지방의 축제란 축제는 빼놓지 않고 찾아다니며, 불쇼나 각설이 타령을 선보이고 약을 팔아 먹고사는 유랑객들이었다. 유랑객들의 옷가지들과 소품들과 천막, 효능이 불분명한 약상자 수십 통이 트럭 적재함에 실렸다. 화개장터 벚꽃축제, 섬진강 매화축제, 영취산 진달래축제, 오동도 동백꽃축제, 진해 군항제. 유랑객들이 한참 쇼를 선보이는 동안, 아버지는 트럭 운전대에 앉아 홀로 소주를 마셨다. 차가운 김밥으로 허기를 채웠다. 밤에는 여관에 들어 유랑객들과 뒤섞여 잠을 잤다. 봄도 다 가고 꽃들도 시들어갈 즈음에야, 아버지는 유랑객들과 헤어져 집으로 돌아왔다. 봄 내내 유랑객들의 짐을 싣고 다녔지만, 아버지는 30만 원이 겨우 될까 말까 한 돈밖에는 벌어오지 못했다.

"구씨라는 자가 있었는데 말이다…… 밤마다 불쇼를 하는데 말이다…… 휘발유를 한 모금 입에 머금고는 말이다…… 불이 일렁거리는 장작을 입속으로 들이대는데 말이다…… 입천장이랑 혓바닥이 하도 데어서는 말이다…… 그자하고 한방에서 잠을 잤는데 말이다…… 하룻밤 꿈에서는 말이다…… 그자의 입이 대문처럼 떡하니 벌어지더니 말이다…… 화산처럼 불을 품어서는 내 머리를 잿더미처럼 삼켜버리는 것이지 뭐냐……"

아버지는 말을 더듬더듬 내뱉으며 눈꺼풀을 끔벅거렸다. 겨우 한차례의 봄을 보내고 온 것뿐이었지만, 아버지는 족히 10년은 더 늙어 보였다. 머리카락은 하얗게 세어 있었고, 이마에는 물결무늬가 칼로 새긴 듯 자리 잡고 있었다. 두 눈과 두 귀도 대책 없이 멀어 있었다. 그렇지 않아도 왜소한 편인 몸피도 눈에 띄게 쪼그라든 것만 같았다. KBS1과 KBS2를 구분하지 못하게 된 것도 그 봄을 나고부터였다.

아버지는 문득문득 자식들을 물끄러미 바라보고는 했다.
"애야. 네가 방금 말이다. 아버지, 하고 부르지 않았냐……?"
"……"
"아버지, 하고 부르지 않았냐……?"
자식들은 한결같이 고개를 저었다.

우연찮게도 그 봄을 나고부터 이삿짐 일거리가 급격하게 줄어들었다. 포장 이사가 유행을 했다. 대형 트럭들과 젊은 인부들을 대다수 확보한 이삿짐센터들이 번창했다. 이삿짐센터들마다 짐을 싸고, 나르고, 푸는 것뿐만이 아니라 자잘한 뒷정리까지 말끔하게 대행해주었다. 냉장고, 세탁기, 티브이 등등 가전제품들의 기본 크기가 점점 커지고 있었다. 1톤으로 충분하던 이삿짐들이 2.5톤 트럭으로도 모자랐다. 아버지가 가진 거라고는 트럭밖에 없었다. 아버지는 어떻게든 이삿짐을 날라서 자식들을 먹여 살리고 가르쳐야 했다. 그렇다고 웬만한 전셋값보다 비싼 대형 트럭을 살 엄두가 나지 않았다. 아버지는 근근이 굴러다니는 1톤 트럭으로

'포장 이사'를 하겠다고 나섰다. 아버지는 노란 플라스틱 바구니들을 수십 개 사들였다. 아버지가 이삿짐을 나르러 갈 때마다 어머니는 수건을 챙겨들고 인부로 따라나섰다. 아버지가 자신의 몸피보다도 커다란 짐들을 나르는 동안, 어머니는 그릇들과 자잘한 살림들을 신문지로 둘둘 말아 노란 플라스틱 바구니에 챙겼다.

십 년 無事故.

아버지가 트럭을 몰며 이삿짐을 나른 지도 어느덧 10년이 되었다. 아버지는 마흔여섯 살에서 쉰여섯 살이 되어 있었다. 이 땅에 백수들이 넘쳐났다. 아버지의 친구들과 형제들은 여전히 대개가 백수였다. 백수가 아니었던 이들도 백수가 되었다. 아버지의 자식들 중 한 명도 4년제 대학교를 졸업하자마자 백수가 되었다. 대학들은 백수들을 길러내기 위한 곳 같았다. 시설이 워낙에 이수선하고 살풍경했다. 하루아침에 공장들이 부도가 나고 은행들이 문을 닫았다. 그렇다고 자식까지 아버지처럼 노동을 구하러 중동의 사막으로 갈 수도 없는 노릇이었다. 중동에서는 한창 전쟁이 벌어지고 있었다. 그렇지만 월남전이 났을 때처럼, 너도나도 돈을 벌자고 무작정 전쟁터로 떠나는 시절도 아니었다. 월남전과 파독 광부와 중동 근로자 따위는 자식들에게 먼먼 옛날이야기처럼 들렸다. 아버지는 밤마다 자식들이 잠들기를 기다려 트럭 적재함에 올라가 쪼그리고 앉아 있었다.

그리고 백수가 된 자식은 다시는 돌아오지 않을 것처럼 집을 떠났다.

마침내 트럭이 서버렸다. 트럭은 15년 동안을 쉬지 않고 이삿짐을 날랐다. 트럭은 하필 고가 도로 한가운데에서 서버렸다. 자식들은 모두 집을 떠나고 없었다. 아버지 곁에는 어머니만 남아 있었다. 백수였던 큰자식은 여전히 백수였다. 그리고 어느덧 서른 살이 되어 있었다. 큰자식은 그제야 9급 공무원 시험을 준비하겠노라고 했다. 아버지는 한시름을 놓으며 죽으라고 이삿짐을 날라 학원비를 대주었다.

그날, 아버지는 이삿짐을 날라주고 집으로 돌아오던 길이었다. 고가 도로에는 차들이 꼬리에 꼬리를 물고 늘어서 있었다. 월요일 퇴근 시간이었다. 트럭은 시속 10킬로미터 이하의 속도로 고가 도로를 힘겹게 오르고 있었다. 트럭은 고가 도로를 3분의 1 지점까지 오르고 나서 꼼짝도 하지 않았다. 트럭 네 바퀴가 고가 도로 콘크리트 바닥에 뿌리라도 내린 듯 꼼짝도 하지 않았다. 재시동을 걸자 트럭은 검은 연기를 토하며 폭발할 듯 크게 한 번 흔들렸다. 트럭은 겨우 한 바퀴를 굴러가고 또다시 서버렸다. 비둘기들이 고가 도로 위를 떼 지어 날고 있었다. 아버지는 담배를 한 대 피웠다. 트럭 뒤로 줄을 지어 서 있던 차들이 앞 다투어 경적을 울렸다. 아버지는 트럭에서 내렸다. 도망이라도 치듯, 트럭을 뒤로하고 바쁘게 걸어 올라갔다. 아버지는 고가 도로의 정점에 다다라서야 훌쩍 뒤를 돌아다보았다. 트럭은 시내버스에 가려 보이지 않았다. 아버지는 고가 도로를 걸어 내려왔다. 아버지는 그렇게 트럭을 고가 도로에 버려둔 채 버스를 타고 집까지 왔다. 여느 날처럼 돼지고기 김치찌개와 밥 한 공기와 소주 한 병으로 허기를 채우고, 아홉 시 뉴스를 시청하다가 잠자리에 들었다. 오래전 아버지가 트럭 적재함에 싣고 온 벤자민 화분은 멸치 떼 같은 잎들을 무성하게 피워올리고 있었다. 어머니는 하룻밤이 지나서야 트럭이 사라져버렸다는 것을 알았다. 대문 앞에 버티고 앉아 있어야 할 트럭이 없었다. 아버지는 날이 환하게 밝도록 깨어나지 않았다. 어머니는 아버지를 깨워 트럭이 왜 대문 앞에 없느냐고 물었다. 아버지는 대답이 없었다. 치매라도 걸린 늙은이 같은 표정으로 어머니를 멀뚱히 바라다볼 뿐이었다.

어머니는 자식들에게 트럭이 사라졌다는 걸 알렸다.

"트럭이 사라졌다."

그 말은 마치 아버지가 사라졌다는 말로 들렸다.

"차라리 잘되었네요."

큰자식은 그렇게밖에 말하지 못했다.

"그게 무슨 말이냐."

"아버지도 그만 쉬셔야지요."

"그런 말 말아라. 아무리 부모라지만 너희들한테 신세 안 진다. 너희들이 우리를 먹여 살릴 것도 아니고, 네 아버지가 이삿짐이라도 날라서 벌어먹고 살아야 되지 않겠냐."

"트럭을 새로 사시든가요."

"그래도 너희들을 여태껏 먹이고 입히고 가르친 트럭이 아니냐."

어머니는 트럭이 사라진 것이 마치 자식들 탓이라도 되는 듯 호통을 했다. 어쩌면 어머니에게 가장 두려운 재앙은 아버지가 또다시 백수가 되는 것일지도 몰랐다.

아버지는 여전히 트럭의 행방에 대해 함구했다. 어머니와 자식들은 아버지가 트럭을 중고차 시장에 내다 팔았거나, 폐차 처리했을 것이라고 생각했다. 그 두 가지밖에는 달리 생각해볼 여지도 없었다. 트럭을 중고차 시장에 내다 팔았다면 얼마나 받았을까? 자식들은 아무래도 트럭이 중고 시장에서 얼마나 값이 나가는지가 궁금했다. 그러나 어머니도 자식들도 선뜻 아버지에게 물어보지 못했다. 큰자식은 차라리 트럭이 폐차 처분되었기를 빌었다. 트럭이 '부분'들로 해체되었기를, 커다란 고철 덩어리에 지나지 않게 되었기를, 그리고 그 고철 덩어리마저 압축기로 무참히 눌려졌기를, 눌리고 눌려 형체마저도 완전히 상실해버렸기를 바랐다.

트럭은 놀랍게도 저 스스로 아버지를 찾아왔다. 아버지가 트럭을 고가 도로에 버리고 온 지 열닷새가 지나서였다. 기울었던 달이 충만히 차오를 만큼의 시간이었다.

트럭은 저보다 못나 터진 수놈의 새끼를 배어 돌아온 짐승처럼, 산뜩 기가 죽이서는, 대문 앞에 웅크리고 앉아 있었다. 어머니는 이른 아침 두부 한 모를 사러 가기 위해 대문을 나섰다가 트럭을 보았다. 어머니는 전쟁터에 나갔던 자식이 살아오기라도 한 것처럼 트럭을 쓰다듬으며 눈물을 흘렸다. 트럭 전조등은 망막이 멀어버린 눈동자처럼 어머니를 물끄러미 바라보고 있었다. 어머니는 아버지를 깨워 트럭이 대문 앞에 와 있다는 사실을 알렸다. 아버지는 진흙처럼 늘어진 눈꺼풀만 끔벅거렸다.

아버지는 철저하게 트럭을 외면했다. 어쩌다 이삿짐 일거리가 들어오면 다른 트럭을 연결해주었다.

어머니는 마치 기다렸기라도 한 듯 혁대 만드는 부업을 다시 시작했다. 혁대들이 또다시 뱀들처럼 집 안 여기저기에 널려 있었다. 노란 본드 냄새가 집 안에 진동했다. 혁대들은 아버지가 덮고 자는 이불 속에서도, 장롱 속에서도, 냉장고 속에서도, 밥통 속에서도, 변기에 고인 물속에서도 꿈틀거리며 아버지를 기절초풍하게 했다. 자식들은 서로 약속이라도 한 듯 혁대들로 득실거리는 집을 멀리했다. 자식들은 누가 더 집으로부터 멀어질 수 있는가를 경쟁하고 있는 듯 보이기도 했다.

큰자식은 아직도 백수였다. 큰자식은 집으로부터 가장 멀리 달아나 있었다.

"국 맛이 이상하다."

"……"

"된장 푼 물에 배춧잎을 썰어 넣고 국을 끓였는데 아무래도 이상하구나. 국에 넣은 것이라고는 집에서 담근 된장하고 배추하고 멸치 대여섯 마리하고 마늘하고 청양고추밖에는 없다."

"……"

"국 맛이 이상한 건지 내 혀가 이상한 건지 도무지 모르겠다."

"……"

"아무래도 네가 내려와야 할 것 같구나."

어머니는 집으로부터 가장 멀리 달아나 있는 큰자식을 그렇게 해서 집으로 불러들였다. 큰자식은 밤이 늦어서야 도둑처럼 집에 들어섰다. 아버지는 혁대들에 둘러싸여 잠들어 있었다. 자정이 넘은 늦은 시간이었지만, 어머니는 기어이 큰자식의 입에 국을 한 숟가락 떠 넣어주었다.

"국 맛이 뭐가 어떻다고 그러세요."

큰자식은 식도로 넘어가는 본드 맛을 역하게 느끼면서도 퉁명스럽게 중얼거렸다.

"이째 네 아비지기 밥을 말아서는 국을 한 대접이나 비우더라. 나는 한 모금도 못 넘기겠는 국을 말이다."

큰자식은 날이 밝았지만 집을 떠나지 않았다. 큰자식은 낮 동안 아버지처럼 혁대들에 둘러싸여 낮잠을 잤다. 저녁때가 되면 슬리퍼를 끌며 집 근처 가게로 담배를 사러 갔다. 큰자식이 대학교에 다니는 동안 아버지는 등록금을 마련하기 위해 이삿짐 인부로 일을 하기도 했다. 큰자식도 그것을 알고 있었다. 세계 곳곳에서는 전쟁이 벌어지고 있었고 중동의 사막에서는 여전히 우리나라 굴지의 기업들이 기적을 이룩하기 위해 고군분투하고 있었다. 그러나 먹고살기 위해 기를 쓰고 전쟁터와 사막으로 떠나는 시절은 아니었다.

집 안에 널린 혁대들은 자식의 발목과 허벅지와 등짝과 숨통을 옥죄어왔다.

깊은 밤, 아버지는 큰자식을 트럭 적재함으로 불렀다.

아버지가 자식들 중 누군가를 트럭 적재함으로 부른 것은 그것이 처음이었다.

큰자식은 멀리 떠나야 할 짐짝처럼 적재함에 올라탔다. 적재함이 짐작했던 것보다 퍽이나 높고 아늑하다는 사실에 큰자식은 적잖이 놀랐다. 큰자식은 트럭 너머로 펼쳐진 밤하늘을 올려다보며 희미하게 멀미를 느꼈다. 밤하늘에서는 별 넉 점이 점멸하듯 위태롭게 빛나고 있었다.

아버지와 큰자식은 서너 발짝의 거리를 두고 나란히 쪼그려 앉았다. 뒤에서만 보면 자식이 아버지 같았다. 아버지의 몸피는 밤마다 동굴 속에서 갈고 갈아온 돌도끼처럼 마모되어 있었다. 앙상하게 솟아오른 오른쪽 어깨는 짐승의 심장에 박아넣을 날선 일각(一角)과도 같았다.

"혁대들 말이다……"

아버지의 목소리가 전설처럼 큰자식의 귀에까지 전해졌다. 그러니까 그날, 아버지는 혁대들을 트럭 적재함에 싣고 17번 국도를 달렸다. 17번 국도를 시속 60여 킬로로 10여 분 달리다 보면 추부터널이 나왔다. 대전광역시와 금산군의 경계를 확연하게 구분지어주는 터널이었다. 추부터널에서 백여 미터 떨어진 곳에는 작은 저수지가 항아리 속 썩을 대로 썩은 빗물처럼 사시사철 음습하게 고여 있었다. 저수지 위로는 버드나무가 가지들을 괴괴하게 늘어뜨리고 있었다. 아버지는 저수지 가 풀숲에 트럭을 세웠다. 적재함으로 올라가 혁대들을 풀숲으로 몰았다. 혁대들은 젖은 풀숲을 꿈틀꿈틀 기어다니다 스스로들 저수지로 사라졌다.

"혁대들이 그때는 그렇게도 징글징글했다."

트럭이 한 번 꿈틀거렸다. 큰자식은 어쩐지 트럭의 네 바퀴가 수백 년 동안 비와 바람과 번개에 다져진 바위 덩어리들만 같았다.

"애야…… 너도 취직이 되어야지."

아버지는 '취직을 해야지'라고는 차마 말하지 못했다.

"평생 식구들 벌어먹일 밥벌이가 있는 것보다 더한 축복은 없느니라."

별 한 점이 명멸하듯 꺼져갔다.

"아버지 그런데 말이에요."

아버지가 고개를 돌려 자식을 바라보았다.

"그때 리비아 사막에 닿기는 닿았었나요?"

"리비아 사막 말이냐?"

아버지는 그리고 희미하게 웃기만 했다. 아버지는 큰자식을 홀로 남겨두고 적재함에서 내려갔다.

큰자식은 남은 별들이 마저 명멸할 때까지 적재함에서 내려오지 못했다.

큰자식은 여전히 집을 떠나지 못하고 있었다. 9급 공무원을 뽑는 시험에 큰자식은 응시하지 않았다. 경쟁률이 사상 최대라고 했다. 청년 실업이 심각한 사회 문제로 떠올랐다. 중동에서 벌어진 전쟁은 장기화되고 있었다. 큰자식은 서른 살이 넘어서야 자신의 모습이 아버지를 무척이나 닮았다는 사실을 겨우 깨달았다. 어머니는 본드 독이 오를 대로 올라 한 줌의 검은빛이 되어버린 손으로 열심히 혁대를 붙였다. 노란 본드를 숟가락으로 떠 혁대의 앞뒷면에 골고루 펴 발랐다. 방들이고 마루고 부엌이고 혁대들로 발 내딛을 틈이 없었다. 어머니는 노란 본드에 취해 환각을 보기도 했다. 큰자식은 밤마다 트럭 적재함으로 올라갔다. 날이 밝도록 적재함 한구석에 버려진 짐짝처럼 웅크리고 앉아 있었다.

뜻밖에도 멀리서 살고 있는 자식 하나가 취직이 되었다는 소식을 전해왔다. 아버지도, 어머니도, 집을 떠나지 못하고 있는 큰자식도 느닷없기만 한 소식이 선뜻 믿겨지지가 않았다. 아버지는 드러내고 기뻐하지 못했다. 큰자식의 눈치가 보여서였다. 어머니는 혁대를 붙여서 번 돈으로, 취직이 된 자식에게 양복 한 벌을 해주었다. 큰자식은 자신이 정말로 집을 떠나야 할 때가 되었다는 것을 깨달았다. 큰자식은 이번에 집을 떠나면 다시는 돌아오지 않을 작정이었다.

일생일대―

아버지는 큰자식을 멀거니 건너다보며 혼잣말을 중얼거렸다. 아버지의 마른 입술이 딘식처럼 벌어질 때마다 뜨거운 모래가 풀풀 날리는 것만 같았다.

취직이 된 자식이 첫 월급의 10분의 1을 보내오던 날, 아버지는 저녁을 먹다가 전화 한 통을 받았다. 아버지는 묵묵히 듣기만 하다가 검정색 모나미 볼펜을 집어들었다. 전화기 바로 옆에 접혀 있던 신문지에 글자와 숫자들을 적어나 갔다. 아버지의 손목이 가늘게 떨리는 것을, 자식은 밥알을 씹으며 보았다. 수화기를 내려놓고 아버지는 밥과 국을 한 그릇씩이나 비웠다. 아버지는 아홉 시 뉴스가 끝나자 서둘러 잠자리에 들었다. 큰자식은 모나미 볼펜이 얌전히 놓여 있는 신문지를 유심히 들여다보았다. 휘갈겨 쓴 듯하면서도 또박또박한 그것은 분명히 주소였다. 주소 옆에는 약도처럼 보이는 그림이 그려져 있었다. 자정이 넘도록 큰자식은 도무지 잠이 오지 않았다. 마루에서는 어머니가 꾸벅꾸벅 졸면서 혁대를 붙였다. 새벽 두 시경에 큰자식은 안방문이 조심히 열리는 소리를 들었다. 큰자식은 덮고 있던 이불을 걷고 마루로 나갔다. 아버지가 잠바를 걸쳐 입고 마당으로 나서고 있었다.

"어디를 가세요."
"이삿짐을 나르러 간다."
"자정이 넘었어요."
"이삿짐을 날라주겠다고 약속을 했다."
"아버지……"
"날 부른 게냐."
"……"

큰자식은 아버지를 한 번 더 부르는 대신에 그림자처럼 아버지를 따라나섰다. 아버지는 트럭을 한참 동안 바라보다가 운전석에 올라탔다. 시동이 걸리며 트럭이 지진에 휩싸인 듯 흔들렸다. 자식은 서둘러 조수석에 올라탔다. 인부가 필요할 것 같아서요, 따위의 말을 자식은 굳이 하지 않았다.

 트럭 전조등이 칠흑 같은 어둠 속으로 환한 길을 내고 있었다.

■해설

레이디 맥베스의 미니멀리즘

허윤진

모티프 1

세계를 측량하려는 욕망은 세계의 본질에 가닿으려는 욕망이다. 이것은 기하학을 낳는다. 욕망의 선들이 모여드는 소실점의 끝에서 김숨이 걸어오고 있다. 가장 간결한 형식으로. 복잡해 보이는 사물들이 사실은 점, 선, 면으로 이루어진 입체들이라고 알려준 기하학자들이 있었다. 실타래가 뒤엉킨 듯 실체를 알 수 없는 현실이 사실은 인물, 행동, 시공간으로 이루어진 방이라고 알려주는 언어의 측량사가 있다. 그녀가 김숨이다.

모티프 1-1

 서사 구성의 삼위일체인 인물, 행동, 시공간이 구비되고 삼위일체의 다양한 잔상이 겹쳐졌을 때 일어나는 상(像)들의 일렁거림을 우리는 갈등이라 부른다. 뛰어난 소설가는 서사적 삼위일체의 교리를 때로는 경건하게 추종하고 때로는 불손하게 모독할 줄 안다. 예수의 행적들이 예수에게 생생한 살과 피를 주었으나 한편으로는 신의 아들이라는 예수의 본질을 미혹한 것처럼, 서사-내-사건들의 착시적인 원근감은 서사의 구조를 착종시킨다. 한국 소설은 사건의 위계질서에 관해서 원리적인 해석을 제출하지 못했다. 구체성에 함몰되어 보편성을 볼 수 없는 일종의 편마비 현상이 지배적이었다.

 사실 이것은 역설이다. 한국 소설은 재현에 대한 강박에 시달려왔다. 사회 구성원들에게 충격을 가하는 역사적 분기점들이 반복해서 출현했다. 고통의 체험을 공유한 집단에서, 살아남은 사들은 죽은 자들에 대한 윤리적 책무를 잊지 않기 위해 원상(原傷)을 고스란히 기록하여 기억하고 보존하려 한다. 그러나 기억은 사건에 대한 주관적 변용을 필연적으로 전제한다. 기억을 매개로 사실을 보존하려는 노력은 그래서 패퇴할 수밖에 없다. 역사적 사실을 구상적으로 완벽하게 재현하려 할수록, 사실이 존재하는 대기에 덧칠되는 세부 사항들의 더께는 객관적 층위의 사실을 주관적 층위의 '진실'로 바꾸어놓는다. 아니, 신역사주의의 사관(史觀)이 전제하고 있는 것처럼 절대적이며 유일무이한 사실이란 존재한 적이 없다.

그렇다면 주관적 진실의 카타콤을 어떻게 빠져나가야 초조하게 나를 기다리고 있는 타인들을 만날 수 있겠는가? 구상성에 의거하여 사실감을 창출하겠다는 욕망을 버리고 세계를 이루고 있는 입자들의 윤곽을 발견해낼 때, 추상성의 지평에 이를 때, 오히려 공감할 수 있는 보편 세계가 열린다. 20세기 이후의 현대 예술이 손을 뻗어 닿으려 했던 유혹적인 육체는 르누아르풍이 아니라 피카소풍이었다. 재현 대상의 살과 피를 말려 그것의 형해(形骸)를 냉정하게 직시할 때가 도래한 것이다. 그래서 현대 예술은 데이비드 흄의 말처럼, 생명력이 넘치는 예술이 아니라, 기하학적인 예술이 된다.

모티프 2

기하학적 예술이라는 말에 잠시 머물러보자. 미술의 영역에서라면 기하학적인 양상을 쉽게 찾을 수 있다. 최소한의 것이면서 절대적이고 보편적인 것을 모색하고자 하는 움직임은 미니멀리즘 미술이 되었다. 예컨대 제임스 터렐의 설치 작품은 절제된 흑과 백, 절제된 기하학적 형태만으로도 깊이 있는 공간감과 신비로움을 구성해낸다. 1960~70년대에 테리 라일리, 필립 글라스, 스티브 라이히 등이 나타났을 때 비평가들과 이론가들은 그들의 세계를 '미니멀리즘'이라고 불렀다. 그들에게 공통점이 있다면 음악을 모티프의 반복과 변주로 보았다는 점일 것이다. 사실 이것은 음악이 기본적으로 전제하는 미적 구성의 원리 중 하나다. 악기 구성을 다원화하여 각 악기의 음색과 선율이 겹쳐지면서 예상치 못한 배음 현상마저 음악 텍스트 안으로 끌어들일 때, 반복은 미세한 변화를 낳는다. 어쨌든 텍스트 전체를 한정된 모티프의 반복으로 구성하는 것은 음악에서 가능하다. 휘발되는 청각성에 통일감이 부여되기 때문이다.

모티프 1-1 1

'기하학적'이라는 단어가 문학에도 적용될 수 있겠는가? 언어의 여러 가지 층위에서, 몇 가지 요소를 반복한다고 가정해보자. 음운론의 층위에서라면 자음과 모음을, 형태론의 층위에서라면 형태소를, 의미론의 층위에서라면 단어를,

통사론의 층위에서라면 문장을, 화용론의 층위에서라면 담화를 말이다. 문학을 구조적인 반복으로 본다면 그것은 이미 화용론의 층위를 넘어선다. 시의 경우라면 반복은 시의 몸이다. 산문시라 해도 어떤 층위에서든 반복은 존재할 수밖에 없다. 극단적으로 시에서는 'ㄱ'만을 반복하는 것도 가능할 것이다. 그러나 소설의 경우라면 문제는 복잡해진다. 소설은, 형상과 음 자체가 자족적인 미감을 주는 미술이나 음악과 다르다. 소설이 겪는 곤경은 건축이 겪는 곤경과 상대적으로 유사하다. 건축의 기능적 한계치가 건축가가 설정한 조형적 최소치를 넘어버릴 경우 건축에서의 미니멀리즘은 애초부터 성립될 수 없다.[1] 건축 자재와 같은 질료에서부터 공간감의 층위에 이르기까지, 건축에서 구상성을 최대한 배제한 추상적 단순성을 실현한다는 것은 쉽지 않다. 추상적임에도 살 수 있는 공간이 되어야 하기 때문이다. "건축의 스트레스"(함성호)는 소설의 스트레스이기도 하다.

독서 이전의 소설은 흩어져 있는 낱말 뭉치에 지나지 않는다. 독자가 독서를 시작하면서 언어적·심리적 공간이

---

[1] 임석재, 『미니멀리즘과 상대주의 공간: 뉴욕5 건축과 공간 운동』, 시공사, 1999, p.43.

형성된다. 이 공간은 작가가 제시해놓은 단어들에서 인지적으로 추론해낸 결과이다. 독자가 독서를 시작했을 때 작품 내적 공간의 가상 현실적 사실감을 충족하려면, 작가는 어느 이상의 재현을 마감했어야 한다. 예컨대 'ㄱ'을 나열해놓고 독자에게 '늘어선 가로등이 순식간에 구부러졌다'라는 내용을 파악하라고 하는 것은 불가능하다. 독자의 몰입과 감상을 위해서 무수한 언어적 고정점을 만들 수밖에 없다는 것이 작가의 딜레마이다. 따라서 시가 아니라 소설에서 기하학적인 상상력, 미니멀리즘적인 경향을 창설한다는 것은 거의 불가능에 가깝다.

그러나 사실 소쉬르와 촘스키 이후로 인간의 언어란 몇 가지의 구성소들로 이루어져 있으며, 언어활동은 구성소들과 통제 원리의 반복으로 이루어진다는 사실이 이미 밝혀졌다. 촘스키가 자신의 이론적인 입장을 여러 차례 수정했다 해도, 그의 이론은 기본적으로 미니멀리즘(최소주의)이다. 보편이 파난 난 시대에 보편을 궁구하려는 현대의 지적 몸부림은 미니멀리즘의 반복과 변주으로 귀결되었다.

모티프 1-2

다시 처음으로. 김숨은 소설을 인물, 행동, 시공간의 삼위일체로 구성한다. 아니, 이 문장을 다소간 수정해보자. 그녀의 소설에서 엄밀한 의미의 인물을 찾는 것은 불가능하다. 김숨의 소설에 등장하는 존재에게는 인물이라는 말보다 행위자라는 말이 어울릴지 모른다. 인물이라는 말이 환기하는 인격적인 특성, 소설 속에서 전개되는 행동과 심리 같은 것은 철저하게 소거되어 있다. 자궁을 들어내듯 심리를 들어내어 무심(無心)하다.

김숨의 소설에서 구성되는 시공간에 존재하는 행위자는 대부분 혼자이다. 집단적인 존재들이 등장하는 경우도 있지만, 그들은 균일하게 이기적이고 균일하게 악하여 서로서로 구별되지 않는 익명적인 '존재'다. 각각 자라나 한 몸처럼 흔들리는 균사체의 윤리학이 드러난다. 그녀의 소설에서 부재함으로써 존재하는 행위자들도 있다. 홀로 존재하거나, 균질한 집단으로 존재하거나, 부재로 존재하는 행위자들이 김숨의 소설을 움직인다.

그런데 행위자들의 존재론적인 양태는 몇 개의 선분으로 잘 구획되지 않는다. 서사가 진행되면서 존재하는 방식이 변화하게 되기 때문이다. 변화하지 않는 행위자는 주로 부재의 행위자다. 이 행위자는 소설의 내적 공간이 아닌 외적 공간에 머무른다고 가정된다. '그것'은 언제든 내부로 침입할 수 있는 가능성이 있다. 그 가능성은 불변하며, 영원하다. 부재함으로써 영원히 현전할 수 있는 행위자는 「409호의 유방」에서 예언의 형식으로 등장하는 '관리인'이다. (우리는 훗날 예언과 신탁의 문제로 돌아가리라.)

부재하는 행위자의 영역까지 포함한다면 엄밀히 말해서 유일무이한 행위자만이 존재하는 영역은 설정하기 어려울 수 있다. 김숨의 소설에서 고립된 행위자와 집단적 행위자의 경계는 특히 문제적이다. 어떤 면에서 김숨의 모든 소설은 개별적 고립과 집단적 응집 사이의 갈등을 형상화하면서도 그 갈등을 수면 아래 익사시키고 있다. 현실에서, 그리고 재현의 기능에만 주목했던 많은 소설에서, 이런 갈등은 쉽게, 단선적으로, 폭발해왔다. 반면 김숨은 갈등의 뇌관을 제거한 채 갈등을 영원히 끌어안는 방식의 윤리를 고민한다. 그래서 고립-응집의 길항과 긴장은 수축과 확산을 거듭한다. 이런 서사적 운동의 중심에 있는 두 작품이 「손님들」과 「박의 책상」이다.

「손님들」과 「박의 책상」은 개체의 자기 증식이 어떻게 자기 잠식을 낳는가를 보여주는 암세포 실험실의 현장이라고 할 만하다. 우선 「손님들」의 '그녀'는 남편과 아들들과 함께 살았던 집에서 혼자 살고 있다. 남성적인 존재들이 떠난 뒤, 그녀는 언어의 텅 빔인 '침묵'에 익숙해진 상태다. 평화로웠던 '그녀만의 방'에 손님들이 들이닥친다. '손님들'은 호칭 자체가 보여주는 것처럼, 외부에서 들어온 이방인의 상태가 복수화된 존재들이다. 그들의 외양은 여러 차례 묘사되지만 그들은 동일한 외투를 입었다는 점 때문에 개별화되지 않고 익명화된 상태에 머무른다. 이들은 그녀의 집을 철거단원들로부터 지켜주기 위해 그녀의 집을 선택했다고 말한다.

여기에서 암세포'적'인 군집의 윤리학이 창설된다. 손님들은 철거단원들(외부의 세력)과 맞서 그녀의 집을 옹호하려 한다는 점에서 그녀와 가까운 존재이다. 실제로 그녀는 자신과 그들의 친연성을 감지한다. 암세포가 이상 증식을 거듭하는 자기 동일적 체세포인 것처럼, 손님들은 어떤 면에서 원자로서 존재하는 그녀 자신이 이상 증식한 존재들일 수 있다. 그러나 암세포는 정상 세포에게 가야할 수분과 양분을 모두 흡수하여, 암세포 주위의 정상 세포를 절멸한다. 자기 증식이 자기 잠식을 초래한다. 어디에서 왔는지 모를 이 암세포들은 그녀의 작은 방 혹은 세포cell를 점유해버린다. 암세포와 병원균은 우리를 죽음에 이르게 할 수 있다는 점에서 기능적으로 동일하다. 부재하는 방식으로 존재하는 행위자인 철거단원들과, 집단으로서 존재하는 행위자인 손님들은 각각 병원균과 암세포다. 그들은 그녀를 세계 바깥으로 내쫓는다.

 선태식물이나 기생물은 개체 간의 거리를 최소화함으로써 생존한다. 곰팡이나 박테리아가 그렇다. 손님들은 초청이 있건 없건, 자신의 영역이 아닌 내밀한 영역에 들어감으로써 이방인으로서의 기능을 수행하게 된다. 그들에게는 도착 시간과 출발 시간이 금기처럼 부여된다. 그러나 이 금기를 그들이 깨는 순간, 그들은 공포스러운 기생물이 된다. 우리에게는 누구나 타인의 삶, 생명을 잠식해 들어가려는 폭력적인 욕구가 있다. 그러나 문명에 의해 교화된 개별자들은 서로 간의 거리 감각을 균형적으로 조정하여 서로의 생명을 보존하려 한다. 나와 너, 극단적으로 말하면 나와 남 사이에 마땅히 존재해야 하는 텅 빈 충만함이 확보되지 않으면 우리는 서로의 목을 조르게 될 수밖에 없다. 김승희 시인의 「만파식적」이 아름답게 보여주는 것처럼. 나의 공간에 들어온 침입자들이 나의 공간에서 나가지 않는다면, 나는 숨쉬기 위해서 나의 공간을 버릴 수밖에 없다. 철거는 외부에서 억압적으로 가해지는 폭력이다. 하지만 보호의 이름으로 고립의 자유를 빼앗김으로써 더 큰 폭력의 실체를 감지하게 된다. 선량한 얼굴을 한 잔인한 가해자들의 손길을 벗어나기 위해서는 세계의 바깥으로 나아가야 한다. 그것이 정신분석학에서 말하고, '그녀'가 실천한 행위로의 이행이다. 나의 공간을 무(無)로 돌리는 것은 타인이 아닌 나여야만 한다.

자발적 고립이 허용되지 않는다면 죽음을! 이라고 외치는 것은 「손님들」의 그녀만이 아니다. 「박의 책상」의 주요 행위자인 인사부 직원 박계장 역시 그러하다.

사무실에는 그의 철제 책상 말고도 다섯 개의 책상이 더 있었다. 다섯 개의 책상들은 그의 철제 책상과 적절한 거리를, 그리고 그보다 적절한 방향을, 그리고 그보다 적절한 각도를 유지하며 각자의 고유한 영역에 놓여 있었다. (「박의 책상」, p.115)

사무실에 놓인 직원들의 책상 사이에는 적절한 거리와 공간이 존재해야 한다. 소설 속에서 박의 위상이 변화할 때마다 책상들 사이의 거리도 변화한다. 그의 책상은 사무실에서 탕비실로, 탕비실에서 복도로, 복도에서 보일러실로 옮겨진다. 책상이 직능의 중심에서 주변으로 이동하는 것은 암묵적인 정리 해고를 은유하는 것이라고 볼 수 있다. 그러나 김숨은 이것을 해고당하기 직전의 개인과 해고하려는 회사 사이의 투쟁 관계로 다루지 않는다. 그녀는 전도의 방식[2]에 의지하여, 우리의 관심사를 책상으로 돌려놓는 데 성공한다. 한 공간에서 다른 공간으로 책상이 이동하는 사건은 최소의 사건으로서 반복된다. 그런데 박씨는 소설의 마지막에, 인간 없이 기계(보일러)만 존재하는 보일러실에 가게 된 데서 평안을 얻는다. 그는 당연히 안도할 수밖에 없다. 책상의 위치가 바뀌면서 깨어졌던 자발적 고립의 거리가 이제 완전히 회복될 수 있기 때문이다.

문제는 책상이 철제 책상이라는 점이다. 보일러실의 뜨거운 열기는 산화(酸化)를 촉진할 것이고, 언젠가 책상은 녹으로 잠식될지 모른다. 역설적이게도 녹슬어가는 것은 자유로워지는 것이다. 그는 녹처럼 '쓸모없는' 존재가 됨으로써 위력을 갖게 된다. 관리부 직원들처럼 노동의 체계에 복무하고, 노동하는 사들을 감시하는 자들의 고집에서 떨어져나온 것이다. 체제에 순응하기를 요구하는 자들과

---

[2] 김숨의 소설에서 나타나는 전도의 원리를 자세하게 분석한 논의로는 소영현, 「미래가 되는 과거들, 인간 소외의 발생사」(『문예중앙』 2007년 봄호) 참조.

해설 | 레이디 맥베스의 미니멀리즘

실제로 순응하는 자들에게, 그 체제와 무관한 방식으로 존재하는 자는 전율과 공포 자체가 된다.

이처럼 「박의 책상」은 익명의 군집에 속해 있던 존재가 진정한 개체로 떨어져나오면서 성취하는 고독한 자유를 역설하고 있다. 「침대」와 「도축업자들」은 개별적 행위자와 집단적 행위자의 갈등 축에 있어서 반대 방향의 문제의식을 보여준다. 「침대」는 침대를 지켜야 한다는 의무를 스스로 생산하고 스스로 소비하는 '그녀'의 자발적 고립 과정이다. 고독한 개체의 아름다움은 핏빛 종이꽃처럼 잉태된다. 「도축업자들」은 개별성은 사라지고 무소불위의 직능만이 남은 군집의 세계가 얼마나 강력하고 폭력적인지를 선명하게 드러낸다. 인격이 말소되고, 전도된 직능이 인격의 자리를 대체했을 때 남는 것은 문자 그대로의 '아수라(阿修羅)-장(場)'이다.

모티프 1-3

김숨의 소설에서 행위자들이 작용하는 공간은 주로 '방'이다. 그것은 행위자가 존재할 수 있는 최소의 단위다. 인간의 이야기는 '자기만의 방(宮)'을 빼앗김으로써 시작된다. 어둡고 붉은 방, 자폐적으로 안온했던 공간의 봉합선은

갑작스럽게 터져버린다. 설사 쌍둥이 같은 동거자가 있었다 해도 사정은 마찬가지다. 시간이 공간을 변화시키는 것인가, 아니면 공간이 시간을 변화시키는 것인가? 어쨌든 원치 않는 퇴거 명령은 모든 인간에게 공평하게 공지된다. 사실 우리는 '타인의 방'을 침범한 존재였다. 우리가 떠나온 자폐의 방을 그리워하는 것은 그래서 자기모순이다. 애초에 그 방은 우리의 의지로 통제 가능한 세계가 아니었다. 우리는 그 방에 '들어서서' 그 방의 원주인에게 먹을 것을 내놓으라고, 잠을 내놓으라고, 계속해서 신호를 보냈다. 탯줄이라는 이름의 의사소통 채널로. 형상으로 보았을 때, 증식하고 비대해짐으로써 생체 조직을 잠식해 들어가는 암세포와, 양분과 피를 빼앗아 성장하는 아이 사이에 큰 변별점은 존재하지 않는다. 이 '손님'은 자신이 머무르는 육체의 주인에게 절대적인 복종을 요구한다. 이 기이한 비대칭성의 윤리학이 우리의 탄생 설화를 직조했다. 타인의 방을 자기만의 방으로 만들고 결국에는 되쫓기는 변증법적인 생존 투쟁을 거쳐 인간은 탄생한다. 그리고 그/녀는 사소한 사건들의 궤도를 돌다가 결국 나무로 만든 작은 방(棺) 안으로 회귀한다. 「손님들」은 '자기만의 방'과 '타인의 방'이 전도를 거듭하는 투쟁의 공간이다. 그리고 「박의 책상」에서처럼 모든 인간의 운명은 공간적으로도 균등한 형태를 띠고 있다.

  6층 직사각형 건물에는 닭장을 차곡차곡 쌓아놓은 것처럼 수십 개의 사무실이 층층마다 들어앉아 있었다. 그는 머릿속에서 사무실들을 한 개 한 개 떼어냈다. 퍼즐을 맞추듯, 사무실들을 평면으로 늘어놓았다. 사각의 거대한 공간이 그의 머릿속에 펼쳐졌다. 그는 그 공간의 중심에 소실점을 찍듯 자신의 철제 책상을 내려놓았다. 그는 철제 책상을 향해 뚜벅뚜벅 걸어갔다. 그가 한 발짝씩 내딛을 때마다 철제 책상이 한 발짝씩 멀어졌다. (「밤의 책상」, pp.125~26)

「도축업자들」에서 끔찍하게 죽어가는 수평아리들은 우리들과 다를 바 없다. 비좁은 공간에 갇혀 운신의 자유도 없는 닭장은 인간이 존재하는 공간 그 자체다. 모든 것은 우리가 태어나 살아가는 이 독방의 삶 자체이기 때문이다. 모든 공간은 인큐베이터이며 동시에 관(棺)이다. 시간이 영원히 정지하여 시작과 끝을 알 수 없는 409호처럼, 생명의 침상인지 죽음의 침상인지 알 수 없는 침대처럼. 삶과 죽음을 동시에 창조하는 병실처럼. 고용과 실직을 만드는 일터처럼. 삶에 흘러내리는 죽음의 끔찍한 시즙(屍汁)을 공간적으로 인식한 존재가 「두번째 서랍」에서 공간에 대한 불안을 느끼는 것은 당연하다.

모티프 1-4

 행위자들의 위상 단위와 공간 단위가 세계를 반복적으로 구성하듯이, 행위자들의 행위도 그러하다. 행위들이 반복[3]되는 것은 일일이 열거하기 어려울 정도이다. 이런 차원들이 결합되어 반복에 기초한 구조적 문법이 도출된다. 반복의 구조를 가장 잘 보여주는 소설은 「쌀과 소금」이다. 중심 행위자인 노파는 어째서 죽게 되는 것일까? 반복적으로 서술되는 자매들의 죽음이 그녀를 저승으로 끌어당기고 있다. 죽은 남편, 죽은 동물들, 죽은 자매들이 그녀를 소환한다. 아니, 죽음은 애초에 그녀와 함께 있었다. 모두가 죽을 수밖에 없다는 운명은 자매들의 서사로써 반복되고, 반복된다. 노파의 죽음에 이를 때까지. 한편 「409호의 유방」에서 반복되는 "관리인은 오후 두 시에 방문할 거라고 했다"(p.9)

---

3) 김숨의 소설에서 나타나는 반복의 원리를 자세하게 분석한 논의로는 소영현, 앞의 글과 심진경, 「탈현실의 문법과 상상력에 관한 질문들」(『문예중앙』 2005년 가을호) 참조.

라는 문장은 산포한 이미지들을 기다림의 구조로 묶는 기능을 한다.

이렇게 설정된 행위자, 행위, 시공간의 상호 역학은 상징주의의 극을 상기한다. 그런데 연극에서의 미니멀리즘은 의상이나 조명, 배우들의 동작 등 다양한 요소들을 변주하면서 관객의 몰입을 유도할 수 있다. 연극은 조형 예술적인 속성도 갖고 있어서 조형성 자체가 주는 미감이 있기 때문이다. 하지만 소설의 미니멀리즘은 작가와 독자의 긴장과 불안을 낳으며 장르에 대한 실험이 된다.

사실 김숨이 태초부터 미니멀리스트였던 것은 아니다. 첫번째 작품집인 『투견』에 수록된 「검은 염소 세 마리」나 「부활」 같은 작품이 반복의 원리를 암시적으로 보여주었다고는 해도 작품집 전체는 구상적인 경향이 강했다. 김숨의 첫번째 장편소설인 『백치들』은 그래서 중요한 전환점이다. 그녀는 중동의 파견 근로자들 문제를 역사적인 맥락에서 고증학자의 시선으로 충분히 다룰 수도 있었다. 그러나 불과 모래의 시적 이미지와 '백치들'이라는 군집으로 호명되는 고립적 인물들을 형상화하면서 그녀는 심지어 장편소설에서도 미니멀리즘적인 인식을 표현하기 시작했다. 관리자들, 도축업자들, 손님들 등이 『침대』에 출현한 것은 『백치들』

없이는 불가능했다.

모티프의 변주보다는 반복 자체에 주력한 『백치들』을 중심으로 『투견』과 『침대』는 비대칭적인 데칼코마니가 된다. 『투견』에 수록된 「부활」과 『침대』에 수록된 「쌀과 소금」은 공통적으로 노파가 등장하고, 기이하고 음습한 분위기도 유사하다. 그런데 구체적인 묘사는 상대적으로 축소되었다. 역설적이게도 언어의 내용을 최소화할 때 공감의 내용은 최대화된다. 『투견』의 표제에서도 직감적으로 느껴지는 생의 폭력성은 서사학과 윤리학의 보편 차원으로 고양된다. 질병과 결벽의 근대적 문제도 「질병통제」에서처럼 구체적인 소재로 활용되기보다는 문체론적인 차원으로 침투한다. 예컨대 길고 가느다란 공간은 신체든 실제 건물이든 링거 줄이나 철사로 비유된다(「409호의 유방」 「도축업자들」).

모티프 1-5

소설을 최소한의 요소로 구성하는 것은 사회학적 상상력의 측면에서 보았을 때 전위적이다. 생산과 소비가 모두 과잉된, 비만한 후기 산업 사회에서 최소한의 상태, '가난한' 상태에 머무르는 것은 공고한 경제 체제에 맞서는 일이다. 김숨은 실제 경제 체제와는 다른 방식으로 언어의 경제를 구성한다. 비만한 사회가 영양실조의 육체를 강요하는 것과 정반대로, 그녀는 간결한 언어로 풍성한 참여를 요청한다. 인간에게 24시간 의사소통할 의무를 지우는 수많은 매체들에 맞서려면 언어적 금욕과 절제를 수련해야 한다. 김숨이 보여주는 신학적인 비전과 문체론은 언어를 대하는 그녀의 태도와 서로 스민다.

침묵에 가까운 상태에 침잠하는 것은 언어적 미니멀리즘의 급진적 실현이다. 상징주의 문학이 우리에게 보여줄 수 있는 어슴푸레한 새벽의 지평이다. 우리가 듣고 싶은 것은 시시콜콜한 넋두리와 푸념이 아니다. 우리가 듣고 싶은 것은 공감 불가능한 구체성을 알맞게 덜어낸, 미적이고 보편적인 상징이다. 동시대의 한국 문학에 필요한 것은 구상성과 구체성이 아니다. 현실에 관한 기록은 사진과 동영상만으로도 충분하다. 오히려 구상과 조형의 바다에서 익사하는 윤리를 구조할 통찰력이 필요하다.

손님들의 시선은 벽지 격자무늬의 여러 지점들로 분산되다가, 어느 순간 한 지점에 모아졌다. 격자무늬는 철저하게 원칙과 질서로 반복되고 있었다. (「손님들」, p.82)

예언적 추리소설

예언은 불안을 만든다. 추리는 서사를 만든다. 예언도 서사를 만들고, 추리도 불안을 만든다.

모든 서사는 서술자의 '말씀'이 이루어지는 과정이다. 소설 쓰기를 마친 존재는 우리에게 첫 문장으로써 신탁을 내린다. 들어라, 내 말씀이 이루어질 것이다. 서술자는 언어의 알파요 오메가이기에 그/녀의 예언은 늘 진실이 될 수밖에 없다. 오이디푸스이건 아기장수이건, 예언은 내용 자체가 아니라 형식으로서 인간을 전율하게 한다. 미리(豫) 이루어진 말씀(言)은 오지 않은 시간에 관한 정의이기에 위력적이다. "자식이 제 부모를 죽게 할 것이다"라는 예언의 내용은 전혀 놀라운 것이 아니다. 젊은 시간이 태어나면 태어날수록, 늙은 시간은 죽음의 낭떠러지를 향한 대열에 동참한다. 결국 인간이 태어나고 번식하고 죽을 것이라는 동물적 진실 자체가 두려운 것이 아니다. 그것에 관한 진술이 나의 말이 아닌 외부의 말로서 틈입할 수 있다는 사실이 우리를 불안하게 만든다. 세계를 짓는 언어 자체의 주술적 힘은 예언의 형식으로서 경외의 성을 쌓는다. 모든 것은 이 말처럼 이루어지리니! 맥베스의 운명을 예언함으로써 「맥베스」를 영원히 지배하는 세 명의 노파들.

「409호의 유방」과 「손님들」은 예언과 기다림과 불안의 실로 짜여 있다. 세계의 바깥에서 도래할, 정체를 알 수 없는 침입자를 예언하는 소설이 「409호의 유방」이고, 그 예언이 이루어진 후의 세계를 다루는 소설이 「손님들」이라 할 수 있다. 「409호의 유방」은 다음과 같은 문장으로 시작된다. "관리인은 오후 두 시에 방문할 거라고 했다." 이때 소설은 미래(未-來)의 침입자에게 온전히 바쳐지는 경배의 예물이 된다. 요리한 양배추가 썩어가고, 사육과도 같은 양육의 대상인 남편의 육체가 미라처럼 변해가고, 여주인의 육체가 자연의 생명력에 의해 풍화된다. 자폐적 공간에 속한 행위자들과 대상은, 오지 않음으로써 신이 되는 존재를 향한 기다림으로 스스로를 바치는 것이다.

그러나 사실 관리인은 어떤 의미에서 이미 와 있다. 시간이라는 이름으로. 그것은 침입의 흔적 없이 세계를 목 조른다. 언제 죽었는지 알 수 없는 좀비 같은 부부와 말라비틀어진 음식은, 이미, 시체다. 담쟁이가 조금씩 자라나는 행위는 그 죽음의 시퀀스와 역방향이다. 담쟁이가 성장한다는 것은 인간의 세계에 시간의 손가락들이 파고 들어왔음을 의미한다. 인간이 이룬 세계는 시간의 틈입으로 말미암아 곧 풍화되고 파괴될 것이다. 예언은 이루어지든 아니든, 한 번 입 밖으로 내어지면 모든 존재와 사건을 자신의 자장(磁場) 쪽으로 굴절하게 만든다.

「손님들」에서 이방인의 침입이 이미 기정사실화되었기 때문에, '그녀'가 할 수 있는 일이란 손님들의 서사가 이루어지는 것을 그저 지켜보는 것뿐이다. 행위와 사건은 불가역적이다. 실현되지 않은 예언은 끝도 없는 불안을 낳지만 실현된 예언은 끝도 없는 공포를 낳는다. 「손님들」은 예언의 측면에서 이중적이다. 손님들이 철거단원들의 침입을 예언하는 자들이라면 그 예언은 아직 실현되지 않았다. 철거단원들의 미래형 행위에 대한 불안감이 서사를 추동하기도 한다.

「손님들」은 추리소설이기도 하다. 서사가 진행되면 밝혀지겠지만 환대받을 이방인의 형상을 한 손님들은 사실 무단침입자일 뿐이다. 우리는 이 불길한 존재들이 우리가 생각하는 존재들이 맞을까, 의문을 가진 채 수사에 참여한다. 훌륭한 추리소설은 처음부터 단서와 범인을 암시적으로 드러내고 있어야 한다. 반전은 통하지 않는다. 범인은 괴도 뤼팡처럼 모두의 눈앞에서 자유로이 활보할 수 있어야 최고의 범인이다. 그렇다면 손님들은 일급 범죄자들이다. 소설의 시작점에서 그들은 세계의 파괴자가 아닌 듯 무연하게 등장하지만 그들의 본질은 폐쇄자이고 파괴자다. 세계의 문을 닫아걸고 인질을 괴롭힐 준비를 한다. 범죄자의 얼굴은 늘 그렇듯 더없이 상냥하다.

역전하자. 「409호의 유방」도 추리소설이기는 마찬가지다. 작품 전체를 아우르는 것은 예언의 서사이지만 또 다른 서사가 존재한다. 그녀와 남편의 관계에 관한 서사다. 우리가 쥐고 있는 단서의 카드는 몇 장 안 된다. 양쪽 증인의 말을 들어보아야 판단을 내릴 수 있는데 실제로 발화할 수 있는 증인은 그녀뿐이다. 남편은 살아 있는 인간의 말소리를 넘어선 불가해한 소리나 침묵만을 표현한다. 아니, 표현한다는 것도 착각인지 모른다. 어쨌든 그녀의 말을 통해 짐작해보면 그녀의 남편은 그녀의 오른쪽 유방을 왼쪽 유방 대신 잘못 잘라냈다. 그녀의 나이 마흔두 살의 일이다. 소설의 현재 상황에서 남편은 시체에 가까운 상태로 보인다. 아니, 미라가 된다.

소설의 후반부에서 그녀 역시 시체 같은 존재로 형상화된다. 식물은 그녀의 육체를 자양분으로 삼아 무성하게 자라난다. 숫자가 붙어 있는 단락들은 시간의 선조성과는 무관하게 배열되어 있다. 그렇다면, 먼저 죽은 것은 남편인가 아내인가? 남편은 자연사한 것인가? 아내가 남편을 감금하고 유린하고 미라로 만든 것은 아닌가? 아내의 동기는 무엇일까? 남편은 그녀를 한 번만 학대했을까? 그녀를 죽인 것은 아닐까?「409호의 유방」은 정보를 최대한 절제하는 방식을 취하고 있지만, 그래서 더 내밀한 추리소설이 된다.

이 소설은 에드거 앨런 포의「검은 고양이」처럼 공포와 불안, 내밀한 살해를 모티프로 삼고 있다.「검은 고양이」에서 진실은 불길하고도 명확하게 드러난다. 그러나「409호의 유방」은 진실을 끝까지 불지 않는 지독한 피의자를 닮았다. 여성적 세계에 가해지는 폭력은 영원하다. 이 폭력을 되갚으려면 범죄자가 죗값을 치르지 못하게 해야 한다. 삶과 죽음의 간극 사이에 다리를 걸치고 있게 해야 한다.『투견』에 수록되었던「유리눈물을 흘리는 소녀」가 나이 들었다면 이런 방식의 잔인한 용서를 택했을 것이다.

김숨의 소설은 영미권의 고딕풍 소설과 닮은 부분이 있다. 사실 여성에 관한 소설은 어떤 면에서 항상 고딕풍이다. 현실의 논리로는 설명되지 않는 위태로운 불안힘이 세계를 영원히 잠식한다. 오정희의「바람의 넋」을 더욱 기괴하고 음산하게, 하지만 더 냉정하게, 더 가난하게 밀고 가면 김숨의 소설이 된다. 어째서 여성이 머무르는 세계는 귀신 같은 세계, 귀신의 세계가 될 수밖에 없을까.

「쌀과 소금」의 샤머니즘적인 세계는 셰익스피어의 「맥베스」와 한국의 무속 신화를 동시에 연상하게 한다. 늙은 여자는 대개 사람도 아니다. 늙은 여자는 생명력을 박탈당한 자로서 저주받게 된다. 한편으로 마녀나 무당 같은 늙은 여자는 초자연적인 능력을 지니고 있다. 자신의 죽음을 예지몽의 형태로 알게 된다. 꿈속에서 그녀는 스스로의 운명을 알려주는 예언자가 된다. 쌀 항아리와 소금 항아리가 마르면 죽게 될 운명임을 알면서도 이 늙은 여인은 자매들에게 기꺼이 자신의 소유물을 퍼주었다. 마녀라고 불린 중세 서양의 여인들이 알아서는 안 될 것을 알았기에 사냥당한 것처럼 모든 지혜로운 노파들은 앎으로 인해 치명적인 죽음을 맞는다. 우리가 모르는 것을 아는 여인들은 그 자체로 불안을 야기한다. 모두가 노동과 축적에 매달리는 순간에도 나눔과 베풂을 실천하는 여인들은 경제 구조와 사회 구조를 유지하기 위해 '멸실(滅失)'해야 할 대상이 된다. 그들이야말로 진정한 손님들, 진정한 범법자들이다.

우리는 소설을 읽으면서 그녀들의 말씀이 살과 피를 입는 과정을 지켜본다. 예언을 그대로 받아들이고 싶지 않아 말씀을 거스르고 저항한다. 그러나 숨이 턱에 차도록 골목길을 헤매다가 막다른 골목에 도착했을 때 무심코 뒤를 돌아본다. 어두운 예언이 얼굴을 들이민다. 예언을 배반하는 것조차 애초에 예언이 성립되지 않았다면 불가능했다. 예언의 손길이 목을 졸라올 때 머릿속에 스쳐가는 수많은 생각들⋯⋯ 나는 사실 예언을 사건으로 만드는 불길한 자를 찾고 있었던 것⋯⋯ 이루어진 말씀을 보는 것이 아니라 사실, 말씀을 이루려하는 자를 찾으려 했던⋯⋯ 범인은⋯⋯ 나였다. 종이 위를 떠도는 말씀과 내가 건져낸 유류품을 견주면서 흔적만을 남기고 도주한 존재들을 분석하는 것이 탐정-독자의 의무. 추리소설은 작가의 플롯과 독자의 플롯이 상호 대화하는 소설 자체의 속성을 장르화한 것이다. 이렇게 소설은 현재를 미래로 끌어당기고(예언) 과거를 현재로 끌어당기는(추리소설) 4차원적 시간 곡면이 된다. 부디 그녀의 소설에 축복과 감금, 감금과 축복이.

당신은 영원히 소설을 썼던 것이다. 당신은 영원히 소설을 쓴 것이다. 당신은 영원히 소설을 쓸 것이다. 시제와 부사의 불일치로 인해 이 문상들은 법의 이름에 귀속되지 못하고 미아처럼 떠돈다. 그래서 언제든 더러운 얼굴로 집에 불쑥 찾아올 것이다. 미래에 올 예언적 추리소설의 독자는 이제, 당신이다.

작가의 말

 어릴 때 나는 종종 집에 홀로 남겨지고는 했다. 집을 지켜야 했기 때문에 나는 집 밖으로 나갈 수 없었다. 집은 내게 공포 그 자체였다. 나는 창문이 흔들리는 소리에도 소스라치게 놀라고는 했다. 내가 잠을 자고 밥을 먹고 티브이를 보고 숙제를 하던 방 안에서, 나는 두 눈을 동그랗게 뜨고 꼭 닫아놓은 문을 흘끔흘끔 바라보고는 했다. 나는 결국에 공포를 극복하지 못하고 마당으로 나가 차가운 시멘트 바닥에 앉아 있고는 했다. 그러나 마당에 나와 있어도 공포는 좀체 가시지 않았다. 내가 두려워하던 대상은 눈에 보이지 않는 귀신이 아니라 사람이었다. 낯선 자들이 담을 타 넘어 올지도 모른다는 불안감…… 집을 점령하고 나를 통째로 점령해버릴지도 모른다는 불안감…… 어머니는 어쩌자고 집을 통째로 어린 내게 맡겨둔 채 외출을 한 것일까.

그 공포와 불안감은 자라는 동안에도 나를 늘 따라다녔다. 문을 잠그지 않으면 잠들지 못하는 내 오랜 버릇은 그 공포로부터 비롯된다. 스물여섯 살 이전까지 나는 열대야에 시달리는 한여름 밤에도 창문과 방문을 처닫고 잠을 잤다. 그래서 나는 여름의 밤들을 몹시도 싫어한다. 아침이 오고 잠에서 깨어나면 비실비실 일어나 창문을 열었다. 온몸의 땀을 씻어내고는 온종일 현기증을 달고 살았다.

나는 여전히 집에 홀로 남겨져 있는 시간이 많다. 그리고 여전히 방문을 잠그고서야 잠이 든다. 환한 대낮에도 방문을 잠그지 않으면 가위에 눌리곤 한다. 낯선 자가 방으로 들어와 나를 내려다보는 식의 가위눌림이다.

내가 거주하는 공간의 모든 門들은, 내가 '밖'에 존재할 때가 아니라 내가 '안'에 존재할 때 비로소 그 역할을 다해낸다. 나를 낯선 자들로부터 격리시킴으로써.

홀로 남겨진 공간과 시간, 그리고 그것들이 불러일으키는 공포가 몇 편의 소설을 쓰게 했다. 이번 소설집에는 그 소설들이 묶였다.

조금 더 이야기를 하자면, 홀로 집을 지킬 때 내가 두려

위하는 대상이 낯선 자들 뿐만은 아니라는 사실이다. 나는 낯선 자들만큼이나 고독도 두려워하고 있는 게 틀림없다. 내가 나이가 들수록, 그리고 소설을 놓지 않는 한 불가피하게 견뎌야만 하는 고독을. 소설을 쓰지 않았으면 나는 부족사회를 모방한 대가족을 꾸리기 위해 부단히도 애를 썼을지도 모르겠다.

  소설집을 애써 엮어주신 문학과지성사 선생님들과 편집부 직원들께 감사를 전한다.

2007년 5월
김 숨